JN001305

ロシア文学の怪物たち

松下隆志

書肆侃侃房

ロシア文学の怪物たち

はじめに

誤解を恐れずに書くが、ロシア文学は危険だ。ロシアによるウクライナへの軍事侵攻によって現実に世界秩序が大きく揺れ動いている今日、それは劇薬ですらあるかもしれない。

「政治と文学」を切り離すことはもはや不可能だ。もちろんそれは、文学が政権の立場を代表しているか否かとかいった、そういう単純な話ではない。軍事侵攻の直後には、ボリス・アクーニン、リュドミラ・ウリツカヤ、ウラジーミル・ソローキンといった、世界的にも名の知られたロシアの作家たちが連帯して戦争反対を表明した。こうしたニュースは日本を含む欧米のメディアでも積極的に報じられたが、その一方で、同時期にロシア国内で「特別軍事作戦」を支持する声明に数百名もの作家が署名したことはあまり注目されていない。言論統制も日ましに厳しくなり、様々な理由から国内に残る作家の大半は沈黙を強いられているというのが現状だ。少なくとも、体制／反体制といった単純な二分法で今日のロシア文学の全体像を把握することができないのは明らかだろう。

軍事侵攻が開始された後、クラシック音楽界などを中心にロシア文化を「排除」する動きが見られたが、当然その波は文学にも及んでいる。とくに当事国のウクライナではロシア文学排斥の動きが活発で、当国教育省の発表によれば、ウクライナ（当時はロシア帝国領）出身のニコライ・ゴーゴりなど同国とゆかりの深い作家たちを除くロシア文学の古典が学校の教科書から除かれることが決まった。ただし、ゴーゴリの作品でも『死せる魂』(一八四二)や『外套』(一八四二)といった文学史的に重要な作品は含まれないとされ、ロシアとウクライナの間に明確な線を引くことが決して容易ではないことが見て取れる。

ウクライナの批評家タマーラ・フンドロワは、植民地化や帝国の過去を反省しようとしないロシア文学はプーチンの戦争に責任があると主張する。彼女によれば、ウクライナではフョードル・ドストエフスキーもレフ・トルストイも偶像化されたことは一度もなかった。『罪と罰』(一八六六)は世界中で広く読まれているが、思想による殺人の正当性を問うたこの物語は心理的に難解であるばかりか、有害ですらある。作者のドストエフスキーは人間の魂を「悪の容器」へと変えてしまうのだという(『批評』のインタビュー記事より)。

表現はかなり辛辣だが、現に故郷の地が激しい攻撃に曝されている当事者の反応としては充分に理解できるし、過去への無反省という批判は真摯に受け止めなければならない。しかしその一方で、ここで彼女がドストエフスキーの作品について指摘しているような「悪」への深い洞察こそが、そもそもロシア文学の大きな魅力のひとつであるようにも思えるのだ。

筆者である私自身のロシア文学との出会いを振り返ってみてもそうだ。詳しくはこの本で述べるが、私はバブル崩壊後の荒んだ一九九〇年代後半から二〇〇〇年代前半の日本で十代を過ごし、中学校で遭遇した暴力によって鬱屈した感情を抱え込むに至ったが、それに言葉を与えてくれたのが、ほかならぬ『罪と罰』だった。高校生の頃にこの一編の小説と出会ったおかげで、私は安易におのれの暗い衝動に身を委ねずにすみ、悪の問題に言葉で向き合うことができるようになった。

悪と言っても、もちろん表面的な悪のことではない。人間を人間たらしめる否定性や、それによってもたらされる暴力や混沌や不条理といった、私たちの生きる世界を成り立たせている、より根元的な悪である。消費社会論で知られるフランスの思想家ジャン・ボードリヤールが晩年に著した『悪の知性』（二〇〇四）によれば、悪は世界の起源から存在する力であり、私たちのあらゆる行為には自動的に悪が含まれているのであって、善と悪の間には秘密の共犯関係が結ばれている。そうだとすれば、私たちに必要なのは、悪の存在をむやみに否定することではなく、それぞれが自らの内なる悪を自覚し、それと粘り強い対話を続けることだ。さらに言えば、善と悪がコインの表裏である以上、悪を語るとは、逆説的に善を語ることでもある。

この小さな本では、そんな危うい魅力に満ちたロシア文学の古典や、いずれ古典と呼ばれるようになるだろう現代の重要な作品について、自分なりに物語ろうと思う。古典と言うと、ややもすると古臭くて退屈なものを想像するかもしれないが、安心してほしい。ロシア文学には、埃をかぶって大人しく本棚に収まっているような作品はひとつとしてないのだから。ドストエフスキーやトルストイはもちろん、この本で取り上げるゴーゴリやアントン・チェーホフから、現代のソローキンやヴィクトル・ペレーヴィンに至るまで、彼らの作品はどれも現実の不確かさを読者に突きつけ、世界の裂け目に開いた深淵を露わにする。かつてニーチェは深淵を覗く者に自らが怪物にならないよう心せよと警告したが、世界の深淵と対峙することを恐れないロシア文学の作家たちを、私は畏怖の念を込めて「怪物」と呼ぶことにしよう。

この本は文学史に新たな解釈を与えようとするものでも、あるいは逆に教科書的な文学史を改めて書き記そうとするものでもない。ここで試みられるのは、曲がりなりにも二十年近くロシア文学の研究や翻訳に従事してきた筆者の私が、自らの文学の原点に立ち返り、自らの記憶や経験を媒介として、ロシア文学の歩みをたどり直すことだ。いわば、ロシア文学の怪物たちとのごく私的な対話である。この本が、ロシア文学という深い森——暗く、鬱蒼としていて、しばしば危険を伴うが、その代わり思いも寄らない驚きと発見に満ちた森——に読者が足を踏み入れるきっかけとなれば、筆者としてこれ以上に幸いなことはない。

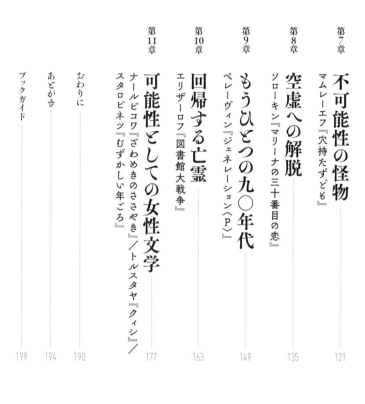

プロローグ

悪との遭遇

1　ユートピアの後

一九八四。もちろん、ただの数字と言ってしまえばそれまでだ。しかし、ある有名なディストピア小説の古典を嫌でも想起させるこの年に生まれた私は、いつしかその作品のモデルとなった国の文学の研究や翻訳に携わるようになっていた。なるほど、運命は皮肉を好むものらしい。

物心ついた頃にはもう冷戦は終わっていた。にもかかわらず、家の狭いトイレの壁に貼られた世界地図は長らく昔のままだった。六十九年という、一人の人間に置き換えてみれば決して長いとは言えない一生を終えたかつての超大国は、薄っぺらい紙の上でなおもその威容を誇っていた。幼い私は用を足しながら、そこに書かれた「ソビエト連邦」という文字と、小さな五芒星を戴いた黄色い鎌と槌が描かれた赤い国旗とを、頭の中でぼんやり結びつけた。

ソヴィエト社会主義共和国連邦、略してソ連は、一九九一年十二月二十六日に崩壊した。ソ連は連邦国家で、それが十五の共和国に分裂したわけだから、「崩壊」ではなく「解体」と言った方が適切だという見方もあるが、この出来事に含まれる象徴的な意味を考慮すると、やはり「崩壊」という言い方がしっくりくる。

　階級もなく、貧富の差もなく、性別や肌の色に関わりなく誰もが平等に扱われ、幸福を享受できる理想社会の実現——そんな輝かしい夢を掲げて建設された、人類史上初の社会主義国家。それはまさに実現したユートピアだった。

　あるいは、実現してしまった、と言うべきだろうか。「どこにもない《ウー・トポス》」というギリシア語の原義を想起するなら、ユートピアは決して現実に場所を見出すことはできず、したがって実現したユートピアは必然的に反ユートピア、すなわちディストピアに転落する。事実、スターリニズム以後のソ連の実態はずっと後者に近いものだっただろう。

　しかしそれでも、共産主義という理想の旗を掲げた国家の存在には、何かしら重要な意味があったのかもしれない。なぜなら、少なくともそれが地球上に現に存在していることによって、私たちは資本主義とは異なる世界の在り方を具体的に思い描くことができたのだから。

　ソ連崩壊後、グローバルに拡大を続ける資本主義のもと、世界は自由経済と民主主義にあまねく覆われるかに見えた。アメリカの政治学者フランシス・フクヤマは、ヘーゲル＝コジェーヴの歴史観を下敷きにしつつ、こうした事態を「歴史の終わり」と呼んだ。よく誤解されるが、これは世界史的な大事件がもはや発生しなくなるということではない。そうではなくて、よりよい政治体制

（つまりユートピア）をめぐる議論に終止符が打たれたということだ。

奇しくもソ連崩壊と同じ頃、日本ではバブル経済が崩壊し、もはや「失われた三十年」とまで言われる、今日まで続く長い下り坂の時代が始まった。崩壊は経済の領域だけに留まらなかった。一九九五年には戦後日本の繁栄の象徴である大都市の安全神話を一瞬にして打ち砕いた阪神・淡路大震災が発生し、そのわずか二カ月後には、日本中を震撼させた地下鉄サリン事件が発生した。

この一九九五年以降の日本を、社会学者の大澤真幸は「不可能性の時代」と定義している。私なりに言い換えるなら、それはユートピアという虚構がリアリティを保ち得なくなった時代だ。それはもはや現実の変革のための可能性ではなく、現実から遊離した愚かな空想にすぎなかった。衆議院選挙の大敗などを受けて追い込まれたオウム真理教の信者たちは、自分たちのユートピア的な思想をテロという形で暴力的に現実化しようとしたが、大澤によれば、それは現実からの逃避ではなく、むしろ現実への逃避なのだった。

もちろん、当時まだ十代になったばかりの私の頭にそのような考えがあったわけではない。それでも子どもなりに、自分が生きているこの社会が明確な目的や意味を欠いていることを漠然と感じ取っていた。あの頃夢中になっていたテレビゲームで喩えるなら、クリアしてしまった後のＲＰＧのようなものだ。ラスボスを倒して世界を救った後、さらに膨大な時間をかけて仲間のレベルをカンストさせたり、最強の武器防具を揃えたりするのだが、そんなことをしたところで、もはや倒すべき強敵はどこにもいない。端的に言って徒労なのだが、それしかやることがない。

そんな世界で、賢しらに「生きる意味」や「命の大切さ」を説く大人たちの言葉は空疎に響くだけだった。当時はいわゆる「鬼畜系」と呼ばれるような過激なサブカルチャーが流行し、近年その反社会性や反道徳性が指弾されているが、もはやいかなるタブーも存在しないと割り切って露悪的に表現の限界を突き詰めた彼らは、偽善という仮面をかぶって現実の虚無から目を逸らそうとする一見まともな大人たちよりも、実ははるかに誠実に時代と向き合っていたと言えるのではないだろうか。

とはいえ、文化的に平凡な家庭環境で育った自分には、そんなディープなカルチャーに触れる機会はほぼなかった。代わりにもっとも衝撃を受けたのは、一九九七年に発生した神戸連続児童殺傷事件だ。中学生になりたてだった私は、この犯罪史上稀に見る凶悪な事件を連日報道するテレビの画面に釘づけになりながら、自分とさして年齢も違わないこの匿名の少年が、世の中の大人たちが必死になって隠そうとしているある秘密を、この上なくおぞましい形で暴いてしまったと直感した。その秘密が何なのか、十二歳の私は明確に言葉にすることができず、ただ漠然と空恐ろしさを覚えた。

数年後、高校生になった私は、ドストエフスキーの『カラマーゾフの兄弟』（一八八〇）に相応しい一節を発見する。すなわち――

神がいなければすべてが許される。

カラマーゾフ家の次男で無神論者のイワンが語ったこのテーゼは、世紀末の、「歴史の終わり」

の、ユートピアなき後の世界のルールを完璧に言い当てていた。

あれからもう、四半世紀が経った。九〇年代どころか、平成という時代すらも過去となった。9・11、3・11、そして2・24……もはや数字の羅列によってしか記述できない無歴史的な出来事の荒波に世界が翻弄されている今、あえてこの二十世紀末前後の一時代を振り返ることにどれだけの意味があるのかはわからない。

しかし、ひとつだけ確かなのは、あの時代の体験がなければ、私は決して文学などという厄介な代物にかかずらうことはなかったということだ。その自覚がある以上、私は自らのささやかな文学遍歴を書き起こすに当たって、今一度あの暗く息苦しい時代に立ち戻らざるを得ないのである。

2　渦巻く暴力

私が生まれ育ったのは、大阪市の東の端の方の地域だ。お世辞にも「ガラがいい」とは言えない。今はずいぶんマシになったとはいえ、帰省の際に子どもを連れて公園に遊びに行ったりすると、遊具の上に煙草の吸い殻が平然と散乱しているのを見かける。自分が子どもの頃はそれどころではなく、公園といえばホームレスのねぐらで、ごみ箱（それも今はすっかり見かけなくなった）が燃えていることもあった。町のそこかしこに浮浪者や不審者がうろついていたが、彼らはごく自然に日常の風景に溶け込んでいた。

私は幼い頃から体が小さく、学校で整列するときは決まって一番前に並ばされた。そのせいだろうか、外出するとよく危険な目に遭った。最初のおぼろげな記憶は、まだ小学校低学年の頃だ。学校のそばの広い公園で遊んでいると、見るからに年上の少年がいきなり話しかけてきた。

「なあ、カネ持ってへん？」

たかが七、八歳の子どもが金銭を持ち歩いているわけがない。素直に持っていないと言うと、カネの代わりに自転車の鍵を奪われ、私は家まで約一キロの道のりを泣く泣く自転車を引きずって帰るはめになった。

いつもどこからともなく現れ、あいさつ代わりのように金銭をたかってくる不良、体が当たったと言いがかりをつけ、交差点で人の後頭部を殴りつけてくるヒステリックな老人、路上でいきなり——本当にいきなり、何の脈絡もなく——意味不明なことを喚き散らしながら自転車で猛然と追いかけてくる明らかに気の狂った男……。

数え上げるとキリがなく、実際に身の危険を感じたのも一度や二度ではなかった。正直、今までよく無事に生きてこられたものだと思う。幼い私にとって、家の外はいつ突然の暴力に遭遇してもおかしくない予測不可能な空間であり、そこではつねに無意識に心身の緊張を強いられた。公園、ゲームセンター、コンビニ、路地——危険は至るところに潜んでいた。

まったくひどい話だと思うが、そんな危険から子どもを守ってくれるはずの学校自体が暴力に満ちていた。いわゆる「学級崩壊」という言葉が連日メディアを賑わせていた時代で、とくに中学がひどかった。授業が始まってもやまない私語、教室の後ろに椅子を並べて堂々と寝そべる生徒、教師に対する嫌がらせ……。

授業が成立しないこともしょっちゅうで、ある日、授業中に生徒から嫌がらせを受けた若い女性の国語教師が泣きながら教室を飛び出した。しばらくすると、いつも黒いジャージに身を包んでいるブルース・リー似の強面の数学教師が教室に入ってきて、凶器のように馬鹿でかい三角定規を教壇にぴしゃりと叩きつけ、騒いでいる生徒たちを黙らせた。口ひげをたくわえた精悍な体育教師は、当時テレビの人気者だったあるキックボクサーに似ていたことから、生徒に「アンディ」と呼ばれていた。「アンディ」はいつも華麗な寝技によって（怪我をさせないための配慮）反抗的な生徒をねじ伏せ、不良からも一目置かれていた。小太りの中年技術教師はなぜかいつも木刀を手に教室に入ってきた。それはもはや学び舎というより、力だけが物を言う弱肉強食のサバンナのようだった。

学校は荒れていたが、私自身は不良グループとの関わりなど一切なく、少年漫画やテレビゲームが好きな、どこにでもいるようないたって平凡な子どもだった。逆に、変に目立ったり、他人と違うことをしたりすることを極度に恐れていた。非力な動物が敵から身を守るために保護色をまとうのと同じで、それは無意識に身についた防衛本能だったのかもしれない。

そんなわけで、一九九三年にJリーグが本格的にスタートすると、当時の少年たちの例に漏れずサッカーに夢中になり、中学ではサッカー部に入った。それは私にとってごく自然な選択であり、まさかそのせいで自分が激しい暴力の渦に巻き込まれることになろうとは、いったいどうして予想できただろう？

　最初はごく普通の部活らしい部活だった。厳しい先輩はいたし、朝練はきつかったが、体育会系の部活はたいていそういうものだろう。がらりと様子が変わったのは、三年の先輩たちが引退し、代わりに不良たちが入部してきてからだ。昔から不良は群れるものと相場が決まっているが、一人の不良の入部を皮切りに、まるで金魚の糞のようにその仲間たちもぞろぞろと入部してきた。グループのヘッドは小柄ながら金髪のぞっとするほどの美少年で、少年院への入所経験もあり、その悪名は他校にまで轟いていた。

　かくして、サッカー部の部室は不良の溜まり場と化した。小さな格子窓のついた軋む金属の扉は今では牢屋のそれを思わせ、扉の向こうの薄暗く細長い空間にはいつも煙草の白い煙が充満するようになった。「外周」と呼ばれる学校の周りを走るトレーニングがあったが、ある不良は足ではなく原付バイクで走った。別の不良は校門の前に立ち、ストップウォッチでタイムを計測する代わりに、ランニング中の部員を呼び止めて金銭をたかった。試合ではボールではなく相手校の選手の体を蹴った。なぜか部の顧問とは別に、たこ焼き屋の屋台の親父か、さもなければヤクザの組員にしか見えない太った痘痕面《あばたづら》の男がたびたび練習に現れるようになり（どうやら不良グループの知り合いだったらしい）、バスケットボールのドリブルをさせるなど、サッカーとはまったく関係のない練習を私たちに強要した。顧問の教師はいかにもサッカーが好きそうな爽やかな好青年だったが、まだ若く、あまりにも無力だった。

当然、普通の部員は次々にやめていった。一緒に入部した友人も不良からの嫌がらせに耐えかねて部を去った。しかし、私はやめなかった。なぜか。その理由を説明することは難しい。たしかに不良は怖かったが、そうは言っても同い年の少年であり、彼らもたまには（たまには、だが）純粋にサッカーを楽しむこともあったのだ。それに、せっかく始めた部活を中途半端な形で投げ出したくないという、子どもなりの妙な責任感もあったのかもしれない。ともかく私は部に残り、そして二年生の秋、顧問から部長に指名された。特別ほかの部員よりサッカーが上手かったからではない。まともな部員が私しか残っていなかったのだ。

　暴力を避けるには、決して暴力の発生源に近づかないこと。それが、学校というサバンナをサバイブするための鉄則だった。だから私は、目の前でクラスメイトが教室の窓ガラスに頭を叩きつけられていようが、服を脱がされていようが、倒された掃除用具用ロッカーの中に閉じ込められていようが、ひたすら傍観者を決め込んだ。卑怯だと言うのは簡単だが、皆がそうしていた。それは仕方のないことだった。

　だが、いつの間にか、自分自身が渦巻く暴力の中心にいた。傍観者だったはずの私が、気がつくとあの暗くて狭いロッカーの中に閉じ込められていた。もはや身動きは取れず、どれだけ足掻いてもそこから抜け出すことはできなくなっていた。

　チビで、とりたててサッカーが上手いわけでもない私のような人間が部長をしていることが気にくわなかったのだろう。部の不良たちの嫌がらせは次第に私に向かうようになった。ありがたいことに、今ではもうその具体的な内容はほとんど思い出せない。フロイト的に解釈すれば、脳がトラウマ的な記憶を無意識の領域に封印してくれたということだろうか。まったく、人間の体は実に都合よくできている。

しかし、あの日のことは今でもはっきりと覚えている。それは定期テストの朝だった。教室でまた性懲りもなく突っかかってきた不良の一人に向かって、私は猛然と突進した。取っ組み合いになったが、体格でも喧嘩の腕前でも圧倒的に相手の方が勝っている。私は頭を激しく殴られた（脳が揺れるという感覚を初めて味わった）。周囲にいた生徒たちが止めに入り、その場はなんとか収まった。そして私はそのまま机に戻ってテストを受けたが、鼻血が噴き出し、解答用紙の上にぼたぼたと滴った。

もはやテストどころではなかった。私はそのまま病院に連れていかれた。検査の結果、幸いどこにも異常は見当たらなかった。私を診察した高齢の男性医師は、訳知り顔で「男の子ならやり返さないと」と言った（言われなくてもそうしたのだが）。放課後、学校に戻った私は部室で担任の女性教師から事情を聞かれ、そこで初めて堰を切ったように涙が溢れ出した。ただただ悔しくてたまらなかった。

後日、当事者の不良が親とともに私の家を謝罪に訪れ、この一件は幕引きとなった。やがて私は受験勉強のために部活を引退し、不良との繫がりも切れ、嫌がらせを受けることはなくなった。せめてもの慰めだったのは、クラスメイトの友人たちが私の勇気を称えてくれたことだ。何しろ、あの誰からも恐れられていた不良に、果敢にも一人で立ち向かったのだから。

親も、教師も、友人も、誰も当てにできない。自分の身は自分で守るしかない。以来、私は自分の筆箱にそっとナイフを忍ばせるようになった。ナイフといっても、べつに大それたものではない。工作の授業で使うような、ただの市販のカッターナイフだ。だが、今後また同じようなことがあれば、躊躇なくこれを使う。それは、ただ自分一人だけに向けられた静かな決意表明だった。

深作欣二監督の映画『バトル・ロワイアル』(二〇〇〇)は、この世紀末の中学校の殺伐とした空気を完璧に映し出している。いわゆる「デスゲーム」と呼ばれるジャンルの元祖で、現在では似たような設定のエンタメ作品が雨後の竹の子の如く量産されているが、映画公開当時すでに高校生になっていた私にとって、この映画は紛れもないリアリズムだった。

映画では、元担任のキタノが、無人島の廃校に拉致された城岩学園中学校三年B組の生徒たちに向かって、まるでこれからホームルームでも始めるような軽いノリで、「今日は皆さんに、ちょっと殺し合いをしてもらいます」と告げる。このセリフ自体は過激だが、学級崩壊の現場である中学校は、それこそ人命を奪いかねない行為まで含めた、ありとあらゆる暴力がいつ何どき発生してもおかしくないような無法地帯と化していたのだ。

映画の主人公の七原秋也と中川典子は、過去のバトル・ロワイアルの生き残りである川田章吾の助けを借りて理不尽な殺人ゲームを生き延びる。だが、そんな二人を待ち受けていたのは、殺人および殺人幇助の罪による全国指名手配という無慈悲な仕打ちだった。

映画のラストで、典子はかつてクラスメイトが学校でキタノを刺したナイフを実家からそっと持ち出し、それをお守りのように自分たちの「武器」にする。中学の事件の後、やはり同じくナイフを携帯するようになっていた私にとって、それは奇妙な符合だった。

3　平成のドストエフスキー体験

中学校で味わった濃密な暴力は私の原体験となった。道徳や社会のルールはこの世界の表面を覆う薄くて脆い皮膜にすぎず、その下では禍々しい暴力が渦巻いている――そんな確信が、十四歳の自分の柔らかい心に揺るぎなく根を下ろした。

今でも時折ふと浮かんでくる古い記憶がある。小学校のある日の休み時間、教室で喧嘩が始まった。よくあることだ。一人の男子生徒が別の男子生徒を一方的に殴りつけている。殴られた生徒は泣きながら教室を飛び出していく。教室の床には、彼が殴られたはずみで落っこちた眼鏡が転がっている。殴った生徒は興奮冷めやらない様子で、目を血走らせ、鼻息を荒らげ、靴を床に思い切り何度も叩きつけながら眼鏡を踏み潰す。まるで、喧嘩相手の一部がまだその眼鏡に残っているとでもいうように。

そのときの光景は、傍らで見ていた私に強い印象を残した。殴った生徒はいわゆるいじめっ子ではなかった。クラスにたいてい一人はいる陽気なおふざけキャラで、私も一緒に遊ぶことがあった。

そんな普通の生徒が、どんな理由だったかは覚えていないが、何かしら些細なことで突然人が変わったようになり、クラスメイトを散々打ちのめしたうえ、大事な眼鏡を躊躇なく踏み潰したのだ。

いや、踏み潰したものが貴重品だったことが問題なのではない。すでに相手を打ちのめした生徒にとって、眼鏡を踏み潰す必要はまったくなかった。そのとき彼は、彼の内部で解き放たれた暴力の完全な虜となっていた。暴力という目に見えない獣が、未成熟な少年の体を支配し、残酷に、しかし生き生きと暴れ回っていた。それは相手の存在を、そのかけらに至るまで、完全に殲滅するまで止まることがなかった。

暴力は至るところに存在していた。

そしてこの社会の秩序は、暴力から目を逸らし、あたかもそれが存在しないかのように振る舞うことで、かろうじて成立していた。

私は学校で定期的に行われるボランティア活動の類いがいかにも偽善的で嫌いだったが、現実の社会はまさにこのような偽善的な構造を有していた。そして私もまた、学校や路上にあふれかえる無数の暴力を、それが自分の身に降り掛からない限りにおいて、傍観し、目を逸らし、見て見ぬ振りを決め込むことによって、私の平和な日常を生きていた。私自身が、私が憎むこの偽善的な社会の共犯者にほかならなかった。

そのことに気づいてしまった以上、もはや目を逸らしたままでいることはできなかった。それが私の文学の出発点となった。

学校が荒れていることには利点もあった。ただ大人しく授業を受けているだけで真面目な生徒と見なされ、容易に内申点を稼ぐことができたのだ。右肩下がりだった学力も進学塾のスパルタ教育のおかげで奇跡的なV字回復を果たし、結果的に当初の志望校よりランクが上の公立進学校に入ることができた。

高校は文字通り別世界だった。まず生徒たちが私語もせず静かに授業を受けていること自体が驚きで、おかげで最初のうちは眠たくて仕方がなかった。平凡だが充実した高校生活をそれなりに楽しみながら、しかし心の底にはいつも、どこかぽっかりと穴が開いたような空虚な感覚があった。勉強、部活、恋愛——これら高校生にとっての定番メニューのローテーションから成り立つ書割のような日常の背後には、禍々しい暴力が渦巻く荒涼とした現実がある。筆箱に入れたままのカッターナイフはいつでもそのことを思い出させてくれた。

そんな私にとって小説は、日常から周到に隠された裏の世界へと通じる、いわば秘密の「隠し通路」のようなものだった。

中学の頃は推理小説が好きで、コナン・ドイルの「シャーロック・ホームズ」シリーズや横溝正史の「金田一耕助」シリーズを愛読した。推理小説の後はホラー小説に移った。よく読んだのは、当時創刊されて間もなかった、黒い背表紙が印象的な角川ホラー文庫だ。鈴木光司の『リング』（一九九一）は映画化されて社会現象になったが、私はどちらかというと、貞子のような幽霊よりも、人間そのものの底知れない恐ろしさを描く貴志祐介の小説が好きだった。地元の商店街のがらんとした映画館で観た『黒い家』（一九九九）では、大竹しのぶの怪演に背筋が凍るほどの恐怖を覚えたものだ。

貴志作品の重要なテーマである「サイコパス（心のない人間）」という類型も、この時代を象徴するキーワードのひとつだろう。人間には心がある——そんな当たり前のことすら、もはや当たり前だと感じられなくなっていた。底知れぬ深い闇の中に沈んだ心はブラックボックス化し、その中に何が隠されているかは誰にもわからなかった。

私の読書の始まりが推理小説やホラー小説だったのは、どちらも犯罪や殺人など日常の埒外にある異常な事柄を扱っていたからだろう。とはいえ、こうしたジャンルの小説では犯罪者は多かれ少なかれ類型化されており、主体性を備えた一個の生きた人格として描かれることは少ない。探偵の推理や犯罪の複雑なトリックにはそこまで興味を持たなかった。おそらく私は、犯罪の非日常性、あるいは犯罪が内包している暴力の神秘性に魅せられていたのだろう。次第にエンタメ系の小説に飽き足らなさを覚えるようになり、徐々に純文学や海外文学へ関心が移っていった。

家の近所の本屋でドストエフスキーの『罪と罰』に出会ったのは、たしか高二の頃だ。手に取ったのはまったくの偶然で、当時よく聴いていた椎名林檎のヒット曲とタイトルが同じだったからだ（ちなみに、この曲のミュージック・ビデオでは、真っ二つに切断された黄色いベンツのナンバープレートにロシア語で「ПРЕСТУПЛЕНИЕ И НАКАЗАНИЕ（罪と罰）」と記されている）。買ったのは新潮文庫版で、工藤精一郎訳、上下巻で合計千ページ近くあった。それまで自分が読んだ小説の中ではおそらく最長だったはずだ。ドストエフスキーのことはろくに知らなかったが、しかし、この見ず知らずのロシアの作家が百年以上も前に書いたいかにも長ったらしい小説は、日本の同時代のどんな小説よりも強く十六歳の私を惹きつけ、たちまち虜にしたのだった。

それはおそらく、作品が書かれた一八六〇年代当時のロシアの社会状況が関係している。小説の舞台である首都サンクトペテルブルグは、時の皇帝アレクサンドル二世の諸改革によって経済的に発展した一方、貧富の格差が大きな社会問題となっていた。犯罪や売春が横行するなど治安は著しく乱れ、新世代の若い知識人の間からは、「ニヒリスト」と呼ばれる急進的な思想家たちが現れた。彼らは父親世代が重んじた宗教や芸術を徹底的に否定し、合理主義や功利主義の思想に基づいて社会の改革を主張した。「おやじ狩り」をしていた九〇年代の日本の若者たちに主義主張などなかったと思うが、凶悪犯罪の横行、既成の価値の否定、さらには大人の権威の著しい失墜という点で、『罪と罰』には当時の日本社会に通じるものがあったのだ。

主人公のラスコーリニコフは貧乏な大学生である。棺桶のように狭い屋根裏部屋にこもってひとり考え事に没頭している彼は、「人間は凡人と非凡人に大別され、非凡人はおのれの偉大な目的のためなら法を踏み越える権利を持つ」という独自の理論を組み立てる。ナポレオンのような世間から英雄と崇められる偉人は、おのれの目的を達成するために進んで法を犯し、ときとして流血をも辞さなかった。その意味で、彼らは例外なく犯罪者だった。自分もまた非凡人に属すると考えたラスコーリニコフは、人々から忌み嫌われている強欲な金貸しの老婆を殺害し、その財産を社会に役立てるために使うことを計画する。

こうしたラスコーリニコフの考えにはほとんど誰もが反対するだろうが、しかしその一方で、近代社会に生きる私たちは、誰もが多かれ少なかれ生産性や効率の名のもとに他者を犠牲にしている。優生思想はその極端な事例であり、ナチスのホロコーストはまさに近代のメカニズムが引き起こした悲劇だった。暴力から人々を解放するはずの理性が逆に大規模な暴力をもたらしてしまうというこの逆説を、アドルノ＝ホルクハイマーは「啓蒙の弁証法」と呼んでいる。記憶に新しいところでは、二〇一六年に相模原の障害者施設で戦後最悪の大量殺人を実行した植松聖も、やはり同じような優生思想的動機を語っていた。

ナチスや植松が疑いようのない悪であるという意味で、ラスコーリニコフは悪だ。だが、『罪と罰』という小説の凄さは、この悪を人間性の外部に追いやるのではなく、あくまでその一部として内在的に描いている点にある。実際、ラスコーリニコフはとても凶悪な殺人鬼には見えない。酒場で偶然知り合った酔っ払い親父のマルメラードフに金を恵んでやるなど、正義感あふれると言ってもいい好青年で、家族や友人からも愛されている。そんな彼が、自ら組み立てた「理論」によって他者への暴力を一方的に正当化し、二人の人間——金貸しの老婆と、偶然その場に居合わせた妹——を斧で殺害する。そしてその瞬間から、ラスコーリニコフは神なき善悪の彼岸へと自らを放り出すのだ。

結局、彼はナポレオンのような天才ではなかった。私たちの多くと同じような弱い人間でしかなかった。やり手の予審判事ポルフィーリーの執拗な追及によって追いつめられた彼は、自然と自殺を考えるようになるが、前に知り合ったマルメラードフの娘で、家族を助けるために娼婦をしながらも神への信仰を失っていないソーニャに罪を告白することを決心する。告白はしどろもどろで、「理論」のために殺したと言うかと思えば、いや、家族を貧窮から救うためだったのだと、説明は二転三転する。

ドストエフスキーに手厳しいウラジーミル・ナボコフは、こうした動機づけの混乱ぶりを小説の欠点に挙げている（『ナボコフのロシア文学講義』）。だが、高校生の私がラスコーリニコフの心情に強くシンクロしたのは、まさにそのような混乱や矛盾のおかげだった。『罪と罰』には推理小説的な要素があり、ラスコーリニコフとポルフィーリーの知的な駆け引きはたしかにスリリングだが、それはあくまで副次的な要素だ。単なる知的遊戯であれば、何もこれほど膨大な言葉を費やすには値しない。言葉にならない葛藤や衝動を、あくまで言葉によって表現しようとする異様な執念にこそ、ドストエフスキー文学の真骨頂がある。

こうして、これまで読んだどの小説にも見出せなかったものを、私は『罪と罰』に見出したのだった。ドストエフスキーの作品を読むことは、しばしばただの読書を超えた「体験」と呼ばれるが、それは自分の場合にも当てはまる。『罪と罰』は私の心の奥底に鬱積していた暗い感情を言葉の奔流にして解き放ってくれた。それは一種のカタルシスだった。若き日の大江健三郎はあるエッセイで、ドストエフスキーを読んでいる間は不安から自由で、反社会的な行動を起こさずにいられたと書いている（「ボールドウィンとドストエフスキー」）。私が筆箱のカッターナイフで人を傷つけることがなかったのも、あるいは『罪と罰』のおかげだったかもしれない。

しかし、それは終わりではなく始まりだった。暴力や悪をめぐる問いの答えを求めて、私はドストエフスキーの世界にさらに深く入り込んでいった。『地下室の手記』（一八六四）、『白痴』（一八六八）、そして『カラマーゾフの兄弟』。文庫で読める作品はあらかた読んだと思う。『罪と罰』は高校時代だけで三度も通読した。

とはいえ、高校生の私にとって文学作品を読むことはあくまで私的な営みであり、それは家や学校など表の世界からは完全に切り離されていた。転機となったのは、高三の夏休みに『罪と罰』で書いた読書感想文がコンクールで入選したことだった（もっとも、本当に嬉しかったのは、入選したことよりも、私の感想文を読んだ担任の先生から電話で直接褒められたことだ）。自分にとって純粋に内なる営みだった文学が初めて外部と接続され、私は自分の将来を漠然と文学と結びつけて考えるようになった。もちろん、まだ何ひとつ答えを見つけ出したわけではなかったが、それを探すための新たな武器は手に入れた。今やナイフの代わりに、言葉があった。

実を言うと、その頃にはもうナイフは手元になかった。高二の秋の修学旅行で北海道に行った際（当時は自分がこれから先そこで十年も暮らすことになるとは夢にも思っていなかった）、筆箱が空港の保安検査に引っ掛かり、中に入っていたカッターナイフを没収されてしまったのだ。

敬愛するチェーホフによると、舞台に銃を登場させたのなら、劇のどこかで必ず発砲しなければならないらしい。意味ありげに登場させたナイフを使わないのは小説としては不出来かもしれないが、結局のところ人生は小説ではない。それに、物騒なナイフは使わない方がいいに決まっている。

4 ロシア文学の森へ

新たなミレニアムの訪れとともに、九〇年代はあっけなく終わりを迎えた。恐怖の大王がもたらす世界の終わりも、コンピューターのいわゆる「二〇〇〇年問題」による技術的大混乱もなく、社会を覆っていた終末的な空気は嘘のように雲散霧消した。ゼロ年代に流行した「日常系」や「空気系」と呼ばれるジャンルのアニメが象徴しているように、射精後のペニスさながらに萎えた日常を、人々はただ惰性的に受け入れた。

フクヤマが「歴史の終わり」を提唱するに当たって参照した帝政ロシア出身の思想家アレクサンドル・コジェーヴは、ポスト歴史の人間の在り方は「動物」だと述べている。ヘーゲルによれば、人間とは否定する存在だ。自由意志を持つ人間は与えられた環境を否定する。この否定の衝動こそが歴史を動かし、革命や戦争を引き起こしてきた。一方、動物は人間とは違ってただありのままで自足している存在である。動物は本能のままに巣を作り、性交し、子を残すが、それは世界の認識を何ら変化させず、したがって歴史を生み出すこともない。学生時代に読んだ思想家・東浩紀の『動物化するポストモダン――オタクから見た日本社会』（二〇〇一）はこうした議論を現代日本のサブカルチャー論に巧みに接続しており、後に私がロシアのポストモダン文学を研究する動機づけのひとつとなった。

今日ではAIやロボット技術の進化により人間の「動物化」はいっそう進んだように思えるが、それでも人間が完全に動物になりきることはおそらく不可能だろう。人間は過剰な存在だ。人間が人間である限り、その内部ではつねに否定の衝動が働きつづけている。かりにテクノロジーによってあらゆる社会問題が魔法のように解消されたとしても、人間は否定のためにまた新たに否定の対象を考え出すに違いない。実現したユートピアが必然的にディストピアに転じるのは、そのシステムが不完全であることだけが問題なのではない。ただ単純に、否定したり、反対したりすることのできないような、静的で閉じた社会が人間には耐えがたいからだ。その意味では、「歴史の終わり」という終末論的な考え方自体がユートピア的な性格を持っている。混沌の世紀の始まりを告げた9・11の同時多発テロは、「終わり」もまた終わるのだということを印象づける出来事だった。

高校卒業から一年の浪人生活を経て、私は北海道大学の文学部に進学した。地元大阪から遠く離れた札幌の大学を選んだのは、もちろんロシア文学を学ぶためではあったが、家族や友人から離れて孤独な環境に身を置きたいという動機もあった。

学生時代のことについてはこの本の中で少しずつ語っていくが、入学当初から積極的に周囲との関わりを断ち、大学の図書館にこもってひたすら文学書や哲学書に読み耽るという、あまり褒められたものではない生活を送っていた。ロシア語の授業には真面目に出席していたものの、留学という考えは不思議と浮かばなかった。当時の自分にとってロシアはあくまでも文学、テクストであり、遠いモスクワやペテルブルグまで足を伸ばさずとも、その深い森のような世界はすでに目の前の紙の上に広がっていたからだ。

進級して専門教育の授業が始まると、「露文」（公式にはそのような単位は存在しなかったが）の先生やゼミ生との交流も増え、私は徐々に孤独な生活から抜け出し、同時に高校の頃から長らく続いたドストエフスキー熱も冷めていった。もちろん興味を失ったわけではなかったけれども、カート・ヴォネガットが『スローターハウス5』（一九六九）で書いているように、人生について知るべきことはすべて『カラマーゾフの兄弟』の中にあるかもしれないが、それだけでは足りないのだ。

その後、一度はチェーホフで卒論を書こうと決めたものの、どこをどう間違ったのか、紆余曲折を経て「現代文学のモンスター」と呼ばれるソローキンに行き着いてしまった。極端から極端への飛躍はロシア文学の常ではあるが、もちろんそこには自分なりの論理がある。現代詩人のドミートリー・プリゴフは、ソローキンの短編集に寄せた短い論考の中で、ソローキンについて語るとき、どうしてもチェーホフに触れないわけにはいかないと力説している。詩人によれば、チェーホフが描く日常の背後には混沌が存在しているが、教養人であるチェーホフは混沌を「文化の皮膜」で覆い隠そうとする。それに対して、徹底して観察者の立場に立つソローキンは、文化という皮膜と混沌の両方を平等に描くのだという（「ソローキンの小説について」）。チェーホフとソローキンを並べるなんてとんでもないと考える人もいるだろうが、どちらの作家も好きな自分にはとても腑に落ちる解釈だ。

こうして卒論のテーマはチェーホフからソローキンに変わったのだが、ここでも私は非常に幸運だった。何しろ、長編『ロマン』（一九九四）の訳者で、日本におけるソローキン紹介の第一人者である望月哲男先生がすぐ身近にいたのだ。卒論の相談をしに、文学部に隣接するスラブ研究センター（現スラブ・ユーラシア研究センター）のおどろおどろしい赤絨毯を通って五階にある研究室を訪ねたところ、先生からソローキンのとある未訳の長編を薦められた。早速本を借りて読みはじめたが、これがまた、ロシア語に大量の奇妙な造語や中国語が混ざった、実に異様な作品である。辞書を引けばどんなロシア語の文章もそれなりに読める気ではいたものの、最初の数ページはさっぱり意味がわからず、このような不可解なテクストがこの世に存在することに驚愕し、それと同時に、まったく未知の世界にわくわくした。

卒論で引用する際に日本語が参照できないと不便なので、思い切って論文執筆と並行して小説全体を訳してみることにした。テクストは著者の公式ホームページで無料公開されており、毎日デスクトップパソコンの画面に張りつきながら翻訳していたのを覚えている。このときの下訳をもとに、後に望月先生との共訳で二〇一二年に河出書房新社から出版したのが『青い脂』（一九九九、『早稲田文学』掲載時の邦題は『青脂』）であり、これが日本の読者から望外の好評を得たおかげもあって、その後の翻訳の仕事につながった。

あれから十年以上経つが、研究と翻訳という「二足のわらじ」生活にはほとんど変化がない。その一方で、文学への向き合い方はこの間に大きく変化した。チェーホフには今も昔と変わらない共感を覚えるが、ドストエフスキーの作品は距離を取って――ソローキンの表現を借りれば、「ゴム手袋をはめて」――鑑賞するようになったし、最近は若い頃は苦手だったトルストイへの興味が増している。ここで語りきれなかったことはこの本の別の箇所で語ることにして、私のささやかな文学遍歴については、ここでひとまず終わりにしたい。


最後に、この本の構成について少し補足しておこう。

以下の章では、筆者の私が個人的に選んだロシア文学の作品をエッセイ形式で年代順に紹介していく。年代順と言っても、まったく網羅的なものではなく、たとえば中世や十八世紀の文学については本書ではまったく触れていない。比較的有名どころの作家を選んだ十九世紀の章でも、本来ならもっと大きく取り上げるべき重要な作家が何人も抜け落ちているし、二十世紀以降の章は私が専門とする現代文学の比重が大きい偏ったものとなっている。とはいえ、そういった偏りを前面に押し出すことがこの本の狙いでもあるので、さらにロシア文学を学びたいという読者は本格的な文学史の本に当たっていただきたい。

この本で取り上げる作品は、すべてではないが、基本的に日本語訳が存在するものとした。引用の翻訳は断りがない部分はすべて筆者である松下が行い、すでに拙訳がある場合はそれを用いた。古典作品は場合によっては訳文が非常に古いものしかなく、作品ごとに文体に著しく差が出たり、あるいは表記の統一が面倒だったりといった技術的な要因が、自分で訳すことにしたおもな理由である。各作品の翻訳に当たっては既訳を参考にさせていただいたが、往年の名翻訳家たちの優れた訳業には何度も唸らされた。巻末にこの本で紹介あるいは言及した作品の邦訳書をリストアップしているので、ぜひそちらも参考にしていただければ幸いである。

第1章

ペテルブルグの幽霊

ゴーゴリ『外套』

夕暮れ時に広すぎるソファベッドに寝そべりながら読書をしていると、バルコニーの掃き出し窓から射し込むオレンジ色の温かい日差しが心地よく、ついうたた寝してしまう。その後で目を覚ますと、窓の外は相変わらず夕暮れが続いている。壁の時計を見ると、もう八時だ。だが、九時になっても、十時になっても、やがて零時を超えて日づけが変わっても、一向に外が暗くなる気配はない。時間はダリの絵よろしく柔らかく溶けて消え、世界は夕暮れと夜明けがつながった終わりなき薄明に浸される……。

博士課程の院生だった二〇一一年秋からちょうど一年間、私は幸運にもフェローシップを得てペテルブルグへ留学したが、このロシアの北の都に思いを馳せるとき、いつも真っ先に白夜の非現実的な光景が頭に浮かぶ。

フィンランド湾に臨むかつての帝都は、十八世紀初頭に突如として出現した。もともとは沼沢地で、気候も厳しく、決して人が住むのに適した土地ではなかった。しかし、ロシアの近代化を推し進めていた時の皇帝ピョートル一世は、軍事、政治、経済上の理由からこの地にモスクワに代わる新首都を建設することを決め、「白骨の上に建てられた」と言われるほど多数の犠牲者を出しながら、その未曾有のプロジェクトを断行した。名前はピョートルの守護聖人である聖ペテロにちなんで「サンクトペテルブルグ（聖ペテロの街）」と名づけられた。

皇帝の強靭な意志によって生み出された石の都は、ドストエフスキーの『地下室の手記』の書き手によれば、「地球上でもっとも抽象的で人工的な都市」である。建設に当たってピョートルは西欧風の建築物を設計したが、一貫性を欠いた結果、西欧建築の様々な意匠がミックスされた奇妙な景観が生み出された。たとえば、カザン聖堂（その裏手に私が留学生活の前半を送った学生寮があった）はローマのサン・ピエトロ大聖堂がモデルで、皇帝の離宮として建てられたペテルゴフ宮殿の庭園はフランス式。街中に張り巡らされた運河はヴェネツィアを思わせる。どこか別の西欧の都に似ているようでありながら、その実どこにも似ていない。さながらポストモダンのシミュラークルだ。

実在しているものの、どこか現実感を欠いた奇妙な都市――そこでロシアの近代文学は育まれた。その礎を築いた詩人アレクサンドル・プーシキンには、一八二四年に実際に起きた大洪水を題材にした『青銅の騎士』（一八三七）という物語詩がある。主人公のエヴゲーニーは若く貧しい官吏で、結婚して慎ましく暮らす将来を思い描いているが、突如街を襲った洪水で愛する女性を失う。絶望に暮れる彼は路上で浮浪生活を送り、さながら幽霊のような存在に変わってしまう。そしてある日、あの洪水の日に自分がしがみついた獅子像の前でわれに返った彼は、ピョートル大帝を象った青銅の騎士像に悪態をつく。洪水でもびくともしなかった騎士像は、いきなり振り向いたかと思うと、怒りの形相で彼のことを一晩中追いかけ回す……。ピョートルの怪物的な野心が生み出した反自然的な街から生み出される物語は、しばしば狂気や幻覚を孕む。

そんなペテルブルグという都市と切っても切り離せない作家がゴーゴリだ。一八〇九年、当時ロシア帝国領だったウクライナのソローチンツィという村に生まれた彼は、学校を卒業した後、官職を得ようと帝都に上京し、ある田園詩を変名で自費出版する。ところが、内心密かに批評家たちからの称賛を見込んでいたこのデビュー作は文壇で酷評され、ショックのあまり作者は残部を自主回収した上で焼却、その後外国へ逐電する。

ロシア文学の「父」と称されるプーシキンに対し、ゴーゴリはしばしば「母」と呼ばれる。病弱で、放浪生活を送り、生涯独身だった。大きく尖った鼻、黒いおかっぱ頭といった特徴的な外見は、いかにも気難しそうなほかの文豪に比べると、どこか親しみを感じさせる。最近では、作家として成功する前のゴーゴリを主人公にした『魔界探偵ゴーゴリ』（二〇一九）という異色のファンタジー系ホラー映画がロシアで制作されたほどだ。

詩人の道を断念したゴーゴリは、今度は散文に取り掛かった。そして故郷ウクライナの民間伝承に基づく滑稽な奇譚を収めた物語集『ディカーニカ近郷夜話』（一八三一、三二）が好評を博し、あの尊敬してやまないプーシキンからも絶賛される。もちろん否定的な評価もあるにはあったが、今度は屁でもなかった。かつて自分の作品を酷評した批評家たちに見事リベンジを果たし、ゴーゴリは一躍人気作家の仲間入りをしたのである。

　もっとも、これだけなら彼はユーモラスな民話作家として文学史の片隅に名を刻む程度で終わっていたかもしれない。『ディカーニカ近郷夜話』で生き生きと描かれた怪奇性は、後にペテルブルグというこれまた非現実的な都市と独自のケミストリーを起こすことによって、ゴーゴリの創作を世界文学でも稀に見るユニークな地位へと押し上げることとなった。

「ネフスキー大通りより素晴らしいものは、少なくともペテルブルグにはひとつもない」――街の中心部を横断する目抜き通りを題材にした『ネフスキー大通り』（一八三五）の語り手はそう断言する。たとえしがない下役人であろうと、この通りを歩くと思わず有頂天になってしまう。乞食や百姓から、腹を空かせた九等官、立派な風采の官吏、果ては夢にも見たことのないようなくびれを持つ魅惑的なご婦人まで、ありとあらゆる人々が一日のうちに、まるで幻影のようにめまぐるしく行き交う。

　ある晩、友人の中尉とこの幻想的な大通りを歩いていた画家のピスカリョーフは、ルネサンス絵画に出てくるような美しいブリュネットを目にし、その後をつけはじめる。やましい気持ちは微塵もなく、ただこの神々しい女性の聖なる住まいを見届けたい一心だった。やがて彼は女性に誘われてその住まいへと足を踏み入れるが、なんとそこは娼婦たちの住み処だった。想像と現実のあまりの落差にショックを受けたピスカリョーフは、あたふたと一目散に逃げ帰る。それからというもの、理想の女性の幻影に囚われた彼は、現実ではなく夢の世界に生きるようになり、ついには自宅で喉をかき切って自殺してしまう。

以前のウクライナものと異なり、ペテルブルグを舞台にした小説にはもはや魔女や悪魔は登場しない。ゴーゴリから多大な影響を受けた小説家の後藤明生が指摘しているように、田舎者のゴーゴリにとって「最も幻想的なものは、ペテルブルグの現実そのものだった」（「ペテルブルグの迷路」）のであり、ペテルブルグという都市自体が奇怪な幻想を生み出す装置なのだ。もはや怪異という小道具は不要だった。

同じくペテルブルグが舞台の『鼻』（一八三六）は、さらにいっそう奇怪な物語だ。ある朝、八等官のコワリョフが目覚めて鏡を見ると、自分の顔から鼻がきれいさっぱり消えていた。警視総監に訴えようとネフスキー大通りを歩いていた途中、とある家の前でなんとも不思議な光景を目にする。五等官の身なりをした自分の鼻が箱馬車から飛び降りて、階段を駆け上っていくのだ。呆気に取られたコワリョフはその後を追い、カザン聖堂でお祈りをしている自分の鼻をつかまえ、自分の顔に戻るよう説得するものの、鼻は「何のことやらさっぱりわかりません」と一向に取りあわない。

困ったコワリョフは警視総監の家を訪れるが、あいにくと不在。お次は新聞社や区警察署長の家に向かうが、まともに相手にされない。自宅に戻って意気消沈していると、ある巡査が訪ねてきて、リガへ逃亡を計った鼻を取り押さえたと言う。自分の鼻が戻ってきたことを喜ぶコワリョフだが、今度はくっつけ方がわからない。街を徘徊する鼻をめぐる噂はあっという間に広まり、社交界の格好の話題となる。ところが、コワリョフがある朝目覚めると、鼻は何ごともなかったかのように持ち主の顔に戻っている。
『鼻』の不条理性は、一見するとカフカの『変身』(一九一五)にも通じるが、根本的なところで違っている。哀れな毒虫に成り下がったグレゴール・ザムザが自分の部屋に閉じ込められ、そのまま無残に息絶えるのに対し、コワリョフの鼻はその持ち主よりはるかに位の高い人物となり、自宅を飛び出して街中をわが物顔で闊歩する。ペテルブルグという幻想装置は、そこで暮らす小さな人間たちの欲望をまるでアンプのように増幅させ、肥大化した空想は現実をも侵食するのだ。
ゴーゴリのペテルブルグものの頂点は、なんと言っても『外套』だろう。主人公のアカーキー・アカーキエヴィチ・バシマチキンは、とある役所に勤める五十過ぎの役人だ。

役人と言っても、そんなにずば抜けた人物じゃない。背は低く、顔は少々あばた面、髪も少々赤茶け、見た感じ目も少々悪く、額には小さな禿げがあり、頬はどっちもしわくちゃで、顔色はいわゆる痔持ちの色……。どうしようもない!　悪いのはペテルブルグの気候だ。官等について言っておくと(というのも、わが国では真っ先に官等を明らかにしなければならないので)、いわゆる万年九等官(……)

帝政ロシアの官等は十四に分かれ、一八四五年までは八等官になると世襲貴族の身分を授けられる権利を与えられた。次の章で取り上げる『オブローモフ』(一八五九)のある一節に「九等官と八等官の間には深淵が口を開けていた」とあるように、九等官が八等官に昇進するのは非常に困難だった。つまり、『鼻』の主人公コワリョフが任ぜられている八等官はそれなりの地位であり（ただし、彼はコーカサスでの成り上がりなので、自分を偉く見せるために「少佐」と名乗っている）、彼の顔から飛び出した鼻が手に入れた五等官という官等は相当高い位なのである。それに引き替え、それ以上の昇進が望めない「万年九等官」は、「ご存じの通り、様々な作家たちから思う存分馬鹿にされ、皮肉られている」手合いだ。

職場でアカーキー・アカーキエヴィチは誰からも敬意を払われず、からかいや冷やかしの対象になっている。しかし本人はどこ吹く風、周囲の反応など気にも留めず、書類の浄書という仕事をおのれの天職と心得、彼なりに喜びを覚えながら一生懸命打ち込んでいた。「あんな風に自分の仕事をやり遂げられる人間はそうそう見つからない」と語り手は述べ、もしこの仕事ぶりが正当に評価されたとしたら、彼は五等官（羨望の官等！）に出世していただろうとコメントしている。

欲はなく、人から馬鹿にされても決して怒らず、いつも静かに浄書の仕事に励んでいる――まるで宮沢賢治の『雨ニモマケズ』を地で行くような謹厳実直な暮らしを送るアカーキー・アカーキエヴィチ。だが、そんな彼の人生を、北国の天敵である厳しい寒さ《マロース》が狂わせる。彼は同僚から「上っ張り」呼ばわりされているぼろぼろの外套を継ぎ当てしながらどうにかこうにか着つづけていたが、それもとうとう限界にきて、仕立屋から新調するしかないと告げられる。

「新調」という言葉に、アカーキー・アカーキエヴィチの目の前は真っ暗になる。というのも、仕立屋によれば外套の新調には百五十ルーブルかかる。役所の特別手当が四十ルーブルだというから、これでは絶望的に足りない。なんとか八十ルーブルで手を打ってもらった彼は、毎晩のお茶を控え、蠟燭は使わないなど、せっせと節約生活をはじめ、こつこつ貯めた貯金と手当を合わせ、やっと必要な金額を用意する。とびきり上等なラシャを選んで買い、そしてついに仕立屋が新しい外套を家に届けに来た日は、アカーキー・アカーキエヴィチの人生で最良の日となった。

彼が早速新しい外套の温もりに包まれながら役所に出勤すると、同僚たちは記念に祝賀会を開くことを提案する。そしてその日の夜、主人公は実に数年ぶりに夜の街へと繰り出し、パーティの会場である局長補佐のアパートを訪れる。集まった同僚たちは最初のうちこそアカーキー・アカーキエヴィチの新しい外套を褒めそやしていたが、やがて彼のことなどそっちのけでトランプゲームに興じはじめる。社交慣れしておらず、身の置き所がなくなったアカーキー・アカーキエヴィチは、零時過ぎに会場を抜け出し、人気のない夜道を一人で歩いて帰ることになる。しかしこれが運の尽きで、途中で追い剝ぎに遭遇し、清水の舞台から飛び降りる覚悟で新調した外套を無慈悲に奪われてしまう。

すっかり意気消沈した彼は、初めて役所を欠勤する。その翌日、同僚の勧めであるお偉方のもとへ助力を請いに出かけるも、つい最近昇進したばかりだというその男は、少しでも自分を偉く見せようと用もないのにアカーキー・アカーキエヴィチを散々待たせた揚げ句、やっと部屋に通したかと思うと、今度は彼の態度がなっていないと激しく恫喝する。哀れな九等官はショックで高熱を出し、なんとそのまま息を引き取ってしまう。

実に救いのない話だが、まだ続きがある。彼の死後、夜な夜な役人の幽霊が街中に現れ、誰彼の見境なく外套をはぎ取る事件が発生するようになる。とある目撃者の話によると、どうやらそれはアカーキー・アカーキエヴィチの幽霊らしい。ある夜、幽霊は自分を恫喝したお偉方を見つけ出し、その外套をはぎ取る。はたしてその外套が幽霊の肩に合っていたからだろうか、幽霊はそれ以来ふっつりと姿を見せなくなる。

当時の読者は、『外套』の哀れな九等官に帝政ロシア社会の下層を生きる人々の典型を見出し、平凡な小さな人間への同情的な眼差しと、非人間的な官僚機構への痛烈な批判を物語から読み取った。「われわれは皆ゴーゴリの『外套』から出てきた」というドストエフスキーの伝説的な言葉(実際はロシア文学を西欧に紹介したフランスの外交官ヴォギュエの言葉らしい)も残っているように、社会に虐げられた人々を描くことが、それ以降のロシア文学の主要な傾向のひとつとなった。

『外套』のヒューマニズム的な解釈は現在に至るまで大きな影響力を持っているが、歴史的な文脈を離れて虚心坦懐にテクストと向き合ってみれば、奇想に満ちたゴーゴリの作品世界を社会批判として解釈するだけでは、どうも物足りなさを感じる。ゴーゴリをひときわ高く評価したナボコフによれば、社会諷刺的な解釈は本質を捉え損なっており、ゴーゴリの主人公がロシアの地主や役人なのはただの「偶然」にすぎない。

代わりにナボコフが注目するのは、一見すると写実的な『外套』のテクストの細部に垣間見える不条理な世界だ。「ゴーゴリの文体のテクスチャーにおける裂け目や黒い穴は、人生それ自体のテクスチャーにおける欠陥を示唆している。何かがひどく間違っており、人間は誰しも軽度の狂人なのであって、彼らは自分たちには非常に重要だと思える仕事に従事する一方で、不条理なほど論理的な力が彼らを自分たちの無意味な職業に縛りつけている――これがこの物語の本当の「メッセージ」である」(『ナボコフのロシア文学講義』)

その例としてナボコフが挙げているのが、『外套』の結末だ。先に述べた通り、自分を恫喝したお偉方から外套を奪ったアカーキー・アカーキエヴィチの幽霊はそれ以来ふっつりと姿を見せなくなるが、その後も街はずれに役人の幽霊が出るという噂が立っている。

そして実際、コロムナのある巡査は、とある家のかげから幽霊が現れたのをその目で見たのだった。ところが、この巡査はもともと少し非力な男だったので、一度など、とある民家から飛び出してきたごく普通のよく肥えた仔豚に突き倒されたことがあった。周りにいた御者たちから大笑いを浴びせられた彼は、よくも愚弄したなと連中から煙草代の二コペイカを巻き上げた――とまあ、そんなくらい非力だったものだから、幽霊を呼び止める勇気が出ず、暗闇の中、そのまま後をつけていったわけだが、ついに幽霊がいきなり振り返り、立ち止まってこうたずねた。「何の用だ?」そして、生きた人間のものとは思えない拳を見せた。「いえ、べつに」そう言って、巡査はすぐさま引き返した。もっとも、その幽霊はずっと背が高く、馬鹿でかい口髭を生やしていて、どうやらオブーホフ橋の方向へ足を向けると、夜陰にまぎれてすっかり姿を消してしまったそうである。

この描写からすると、この背が高く口髭を生やした第二の「幽霊」は、どうやらアカーキー・アカーキエヴィチではなく、彼から外套を強奪したあの追い剝ぎらしい。外套を奪われた男が死んで幽霊に化け、その幽霊が復讐を果たしてやっと消えたと思ったら、今度は外套を奪った男が幽霊になる。アカーキー・アカーキエヴィチの幽霊の消滅とともに戻ってきたと思われた現実は、結末において再び非現実と化すのだ。この世とあの世、現実と非現実、理性と狂気の境界線は消え去り、世界の実相である混沌が姿を現す。

ナボコフはゴーゴリの創作とロシアの間には本質的なつながりはないと断じているが、そうは言っても、『外套』の物語はやはりペテルブルグという都市自体が持つ幻想性と切っても切り離せないように思える。そして、そんなゴーゴリが「リアリズムの祖」に位置づけられたことは興味深い。まさにそのことによって、ロシアのリアリズム文学は、幻想や狂気をも含む広義の「現実」を描き得る可能性を得たのではないだろうか。

『外套』の執筆と並行して、ゴーゴリはダンテの『神曲』(一三〇七-二一)を意識した『死せる魂』と題する壮大な三部作の執筆に取り組んだ。チチコフというずる賢いペテン師を主人公にロシアの田舎の地主たちを面白おかしく諷刺した「地獄篇」に当たる第一部は文壇から絶賛をもって迎えられるが、続編の執筆は難航した。晩年は神秘主義的傾向を深め、まるで作家自身が自らの小説に登場する狂人と化したかのように、ロシアを浄化するはずだった『死せる魂』第二部の原稿を狂乱の中で焼き捨て、絶食の状態で死を迎えた。

ゴーゴリの墓は現在モスクワのノヴォデヴィチ墓地にあり、私も以前に訪れたことがあるが、もともとは同じモスクワの別の墓地にあった。ソ連時代の反宗教政策の影響で修道院が閉鎖され、移葬のために墓を開いたとき、棺の中から頭蓋骨がなくなっていたという。革命前に盗まれたという説もあるが、現在もその行方は杳として知れない。失われた頭部をめぐる一件はその後もミハイル・ブルガーコフの『巨匠とマルガリータ』(一九六六－六七)をはじめとする小説の題材になっており、そのようにしてゴーゴリは今なお幽霊のようにロシアを彷徨っている。

第2章

怠惰と実存

ゴンチャロフ『オブローモフ』

思えば、怠惰な学生時代だった。

先にも書いたが、私が地元大阪から遠く離れた北海道大学に進学した理由は、ひとつはロシアの言語と文学が学べること、もうひとつは地元からできるだけ離れた場所であることだった。ロシアのことを学ぶだけなら関東圏の大学でもよかったわけで、むしろ後者の動機の方が優勢だった。とにかく、どこか遠く離れた場所へ逃げたかったのだ。

あまりに広大な北の大地で、大学生の私は旅行もスキーもせず、毎日大学の図書館にこもってひたすら読書に没頭していた。本が世界だったので、留学をしようという考えも浮かばなかった。就職活動もろくに、というかまったくせず、結局そのまま北大の院に進むことにしたものの、将来学者になるなどという大それた夢を抱いていたわけではない。それは選択しないという選択であり、それもまた一種の逃亡だった。

とはいえ、まさか大学院の志望動機にそんなことを馬鹿正直に書くわけにもいかない。いったいなぜロシア文学を研究したいのか？　そう自問し、自分の関心が世界の東西文化の関係性にあることに気づいた。よく日本にとってロシアは「近くて遠い国」だと言われるが、両国とも西洋の強い影響下で近代化を成し遂げたという共通点がある。日本に先駆けて近代化の道を歩みだしたロシアは、いわば私たちの先輩だ。だからこそ、明治の文学者たちはロシア文学を手本にしたのだろうし、言文一致体を確立した作家の二葉亭四迷は優れたロシア文学者・翻訳家でもあった。

「西側」や「東側」といった用語は冷戦構造の解体とともに廃れたように見えたが、近年、米中対立を軸とする「新冷戦」と呼ばれる状況下で再び目にする機会が増えている。このかなり乱暴な二項対立的構図においては、権威主義国のロシアや中国は「東」に、民主主義国のアメリカや日本は「西」に振り分けられる。だが、一見常識的に思えるこうした分類は、はたしてそれほど自明なのだろうか？

セルゲイ・ドヴラートフという、二十世紀後半に活躍した亡命作家がいる。レニングラード（現サンクトペテルブルグ）でアングラ作家として活動していたが、当局の追及を逃れるために西側へ亡命し、アメリカで成功を収めた。二〇一八年には伝記映画も公開されたが、そんなドヴラートフに次のような小話《アネクドート》がある。エストニアの共産党機関誌で創作コンペが行われている。最優秀賞に輝いた者には、「西」への、つまり東ドイツへの旅行が贈られる。それを聞いた作家は編集者のトゥーロノクにふと疑問を口にする。

「はたして東ドイツは「西」でしょうか?」

「では、君の意見ではどうなのだ?」

「日本こそが「西」ですよ!」

「何だと?!」トゥローノクはぎょっとして叫んだ。

「イデオロギー的な意味でですがね」と私はつけ加えた……。(「第四の妥協」)


アジアの極東に位置しながら、「西」の価値観が浸透しきった日本。たしかに私たちは一見するとほぼ西洋化されたライフスタイルを送っているようだし、国内で生活している限りにおいて、自分たちの日本人性を意識することはあまりない。しかしいざ一歩海外へ出てみれば、やはり自分たちが日本人以外の何者でもないということを嫌でも思い知らされる。私たちにはアメリカ文学のように都会的で洗練されているように見える村上春樹の小説が、アメリカでは極めて「日本的」なものとして読まれるように。

とはいえ近代化の初期には、こうした文化的なギャップははるかに強く意識されていた。日本の近代文学の礎を築いた夏目漱石に「現代日本の開化」(一九一一)と題された有名な講演がある。その中で漱石は、西洋の近代化が花が開くように内から自然に生じた内発的なものであるのに対し、日本の近代化は欧米列強の外圧によってやむを得ず生じた外発的なものであって、「皮相上滑りの開花」だと指摘している。

ここでは日本の近代化の浅はかさが批判的に語られているわけだが、裏を返せば、「皮」の下には長い歴史の中で培われてきた独自の文化の蓄積が厳然と存在しているということでもある。漱石自身、近代化以前の日本も中国や朝鮮といった外国の文化から影響を受けてきたことは認めつつも、長い目で見れば概ね「内発的」な開化をしてきたと述べている。つまり、ここで漱石は西洋という外部から押し寄せてきた大波に島国日本が為す術もなく呑み込まれた現状を嘆いているのであって、それ以前の日本の発展が「内発的」だったことには疑念を抱いていない。

一方、地理的・文化的にずっと西欧に近いロシアにとって、自国のアイデンティティをめぐる問いは日本のそれに比べてより切実なものだった。十九世紀初頭、ロシアはナポレオン率いるフランス軍に歴史的勝利を収めて大国としての地位を得たものの、実際の西欧社会を目の当たりにした軍人たちは自国の後進性を痛感させられることとなった。一八二五年十二月に発生した「十二月党《デカブリスト》の乱」は、そんな貴族出身の青年将校たちが後進性の象徴である専制と農奴制の打倒を求めて起こした武装蜂起である。

それから約十年後、デカブリストと親交のあった思想家ピョートル・チャアダーエフによって書かれた「哲学書簡」（一八三六）と題する論考が、モスクワの雑誌『テレスコープ』に掲載された。その中で著者は、とある婦人に宛てた手紙という体裁をとりながら、極めて自虐的で悲観的な祖国観を披瀝している。

他の場所では、あるいは多くの点でわれわれよりはるかに遅れた民族の間ですら、とうの昔にありきたりなものとなっている真理を、われわれはまだ発見している最中だということが、われわれの独自の文明のもっとも悲しむべき特徴のひとつなのです。それは、われわれが一度もほかの民族と手をたずさえて歩んだことがないためです。われわれは人類という大家族のどれにも属しておらず、西洋でも東洋でもなく、どちらの伝統も持っていません。時間の外に置かれたわれわれは、人類の世界的な教育を受けていないのです。

ロシア民族の青春は実に悲惨なものだった。「最初に野蛮な未開の状態があり、次いで粗野な無知が現れ、その後は残酷で屈辱的な異国の支配を受け、後にわれわれの国家権力はその精神を受け継いだのです」ピョートル大帝の大改革すらもロシアを文明化させるには至らなかった。チャアダーエフによれば、進歩を拒絶し、人類のために資するものを何ひとつ残さなかったロシアは、ただ後世に教訓を与えるためにのみ存在しているというのだ。

この論文は大きなスキャンダルを呼んだ。雑誌の発行は禁止され、発行者は流刑、不用意に論文の掲載を許可した検閲官は罷免された上に一切の公職から締め出された。当の著者本人は時の皇帝ニコライ一世から狂人の烙印を押され、翌年に発表した「狂人の弁明」(一八三七)では、打って変わってロシアの偉大な使命を主張するに至る。

ロシア。ユーラシア大陸の東西の文明の間にぽっかり空いた巨大なブランク。空白はそれを満たすことを求める。ロシアは無であり、だからこそ何にでもなり得る。ロシアとは何か？　この問いは十九世紀知識人たちにとって中心的な問いとなり、「西欧派」と「スラヴ派」という、今日まで続くロシア思想の二大潮流を生み出した。

西欧の市民社会を理想化する西欧派は、「タタールの軛《くびき》」と呼ばれる二世紀半にもわたるモンゴルの支配によって文明から取り残されたロシアは、個の自由や尊厳に重きを置く西欧の価値観を積極的に取り入れ、西欧の仲間入りを果たすべきだ、と主張する。彼らにとってピョートル改革は歴史の必然であり、それはロシアが発展する唯一の道なのである。

対するスラヴ派は、チャアダーエフが「書簡」で述べたようなロシアの野蛮さは西欧の驕った見方だと考えた。彼らに言わせれば、正教徒たるロシア国民はせっかく調和に満ちた宗教的な生活を送っていたのに、ピョートル改革がそれを台なしにした。西欧の個人主義や合理主義は人々を孤独や絶望に追いやるだけで、正教徒が生まれながらに有している慈悲の心や連帯の精神にこそ立ち返らなければならない。

二十世紀に入って革命が起きると、今度は亡命知識人たちの間でロシアのナショナル・アイデンティティをめぐる新たな考え方が形成される。「ユーラシア主義」と呼ばれるこの思想では、「西」か「東」かという二者択一を排してロシアをユーラシアと定義し、民族的・文化的多様性こそがその本質であるとした。西欧派にせよ、スラヴ派にせよ、そこではロシアのアジア的要素は主として野蛮性や後進性の象徴として受け止められてきたが、ユーラシア主義者たちは自分たちのアジア性を初めて肯定的に評価したのだった。

ロシアは「西」なのか、「東」なのか、それともその両方なのか。十九世紀半ばに書かれた『オブローモフ』は、この永遠の問いをめぐる知識人の葛藤をユニークな形で描いた長編小説だ。作者のイワン・ゴンチャロフは、裕福な穀物商の次男に生まれ、モスクワ大学卒業後は創作活動をしながら官吏として長年勤め上げた。実は日本にもゆかりがあり、日露和親条約を結んだプチャーチン提督の秘書官として一八五三年に長崎に来航した。このときの体験をまとめた『日本渡航記』(『フリゲート艦パルラダ号』の部分訳、一八五八)は今も日露交渉史の貴重な資料となっている。

小説の主人公オブローモフは三十代前半の地主貴族。善良な性格で、立派な理想を抱いてはいるが、とにかく何事にも熱しやすく冷めやすい性格で、自分の計画をいざ実行に移せたためしがない。親が遺してくれた田舎の領地からの収入に頼り、五十歳を超える召使いのザハールに身の回りの世話を丸投げしながら、ろくに仕事もせず、ペテルブルグにある自宅アパートのベッドの上でニートのような生活を送っている。

作者のゴンチャロフ自身、友人から「怠惰の王子」というあだ名をつけられるほどのんびりした性格だったそうだが、こと怠惰ということに関してオブローモフに比肩できるキャラクターは、世界文学を見渡してもそうそういないだろう。『オブローモフ』は分量だけでいえばドストエフスキーの大長編にも引けを取らないが、物語の展開は非常に緩慢で、主人公がようやく自分のベッドから降りてくるのは、なんと小説全体の三分の一を過ぎてからのことである。

そんなオブローモフのもとにはなぜか、社交好きの若者や社会派の作家、口やかましい同郷の役人などが次から次へと訪ねてくる。彼らは皆一様に忙しそうで、様々な仕事や用件を抱えている。口を開けば「暇がない」と忙しいアピールをする彼らは、まるで私たち現代の日本人のようだが、そんな彼らをオブローモフは「不幸な人間」だと哀れむ。

のんびり屋のオブローモフは日がな一日ベッドの上で過ごし、幼き日の故郷を夢に見る。オブローモフカ村というこの片田舎の領地では、何もかもが旧態依然で、地主が大勢の農奴を支配する封建的な秩序が保たれている。都会からあまりにも隔絶しているせいで、村の農民たちは自分たちの暮らしがいいのか悪いのかも判断できず、ただ「そういうもの」だと考えている。ここでは時間はその歩みを止めたかのように、人々は微睡むような生活を送っている。


焼けつくような真昼時。空にはひとひらの雲もない。太陽は頭上に静止し、じりじりと草に照りつけている。空気は流れを止め、じっと留まっている。木も、水も、微動だにしない。深い静けさが村と野を覆っている――あたかもすべてが死に絶えたかのように。遠く虚空に人声が高らかに響き渡る。四十メートルも離れたところの音も聞こえ、甲虫がブーンと唸りながら飛んでいき、濃い茂みの中では誰かがずっと鼾をかいているが、どうやら誰かしらがそこで倒れて甘い夢を見ているらしい。

家の中は死のような静寂が支配していた。一斉昼寝の時間が訪れたのだ。

少年は、父も、母も、年取ったおばさんも、取り巻き連中も――一人残らず自分の居場所へと散っていくのを見る。自分の居場所がない者は、干し草置き場へ行ったり、庭へ行ったりする。ある者は涼を求めて玄関部屋へ行き、ある者は暑さにやられ、ずっしりした食事に打ち負かされて、蝿よけのためにハンカチで顔を覆ったまま寝入ってしまった。庭師は庭の茂みの下の、突き棒のそばで長々と横になり、御者は厩舎で眠っていた。


記憶のフィルムに刻まれた牧歌的な楽園の映像。オブローモフは眠ることでいつでもそこにアクセスできるが、とはいえそれでは一向に物語が進まない。果てしなく惰眠を貪るオブローモフのもとに、とうとう救世主が現れる。それは親友のシトリッツで、名前からわかるように父親はドイツ人だ。彼はオブローモフとは対照的にエネルギッシュな実業家で、商売もこなせば、社交界にも出入りし、おまけに教養もあるときている。シトリッツはまさに西欧近代を体現する合理主義者であり、親友を前近代的なものへの郷愁を象徴する温かいベッドから冷たい現実の中へと連れ出す。

その甲斐もあって、オブローモフはシトリッツから紹介されたオリガという女性と恋に落ちる。彼女は懸命にオブローモフを立ち直らせようとし、彼の方もそれに応えて活動的になり、ついには結婚まで考えるようになる。だが、結局は結婚生活に伴う煩わしさに嫌気が差し、ロマンスは破局を迎える。傷ついたオリガはシトリッツと結婚し、オブローモフはもとの怠惰な生活に戻るが、やがて不摂生がたたり、卒中で静かに息を引き取る。

当時新進気鋭の批評家だったニコライ・ドブロリューボフに「オブローモフシチナとは何か？」（一八五九）という有名な論文がある。「〜シチナ」とは、それと結びつく名詞によって特徴づけられる社会現象や思想潮流を意味するロシア語の接尾辞で、オブローモフシチナは日本語では「オブローモフ主義」や「オブローモフ気質」などと訳される。

この論文によれば、ロシア文学には、プーシキン『エヴゲーニー・オネーギン』（一八二五—三二）のオネーギン、ミハイル・レールモントフ『現代の英雄』（一八四〇）のペチョーリン、イワン・トゥルゲーネフ『ルージン』（一八五六）のルージンなど、高い教養や立派な理想を有しているにもかかわらず、実行力が伴わないばかりに社会から落伍していく知識人の典型が数多く存在する。彼らは「余計者」と呼ばれるが、オブローモフはまさにその最終形態だと言っていい。なぜなら、オネーギンやペチョーリンは、もし仮に彼らに相応しい環境を与えられたとしたら、その本来の能力を存分に発揮できたかもしれない。それに引き替え、オブローモフは何不自由のない恵まれた環境を与えられながら、ただただおのれの怠惰のために何ひとつ行動に移そうとしないのである。

オブローモフのような「余計者」は、鬱蒼たる森の中で道を探すために率先して高い木によじ登ったはいいものの、結局は何も役立つものを見つけられず、安全な高い場所でただ安逸を貪っている人間に喩えられる。

下に立っている哀れな旅人たちは沼にはまり、蛇に咬まれ、嫌らしい虫どもにおどかされ、枝で顔を叩かれる……。とうとう群衆は仕事に取り掛かることに決め、後から木によじ登った連中を呼び戻そうとするが、オブローモフたちは黙って木の実を貪っている。そこで群衆はかつての先導者たちに呼びかけ、降りてきて共同の仕事を手伝ってほしいと頼む。しかし先導者たちは、必要なのは道を見つけ出すことであって、森を切り開くことに励む必要などないと、またぞろ以前の文句を繰り返す。──そこで哀れな旅人たちは自らの誤りに気づき、片手を振って言う。「ああ、あなた方はみんなオブローモフだ！」そして、活発で倦むことを知らない労働が始まる。

ドブロリューボフは、ロシア人は自らの心の中に潜むオブローモフシチナを克服し、シトリツのように行動によって社会を変えなければならないと主張する（もっとも、彼によればシトリツはまだ理想的な社会活動家の域には達していない）。この論文の影響もあって、オブローモフシチナはロシア人の否定的性格を表す代名詞となり、今では立派に辞書にも掲載されている。

たしかにオブローモフは働き者のシトリツに比べてまったく無能な人間であり、何ひとつ成し遂げることができず、怠惰のうちに死を迎える主人公は、一見してこの物語の敗者だ。しかし、はたして本当にそうだろうか？　見方を変えれば、敗北したのはむしろ、オブローモフの本性を最後まで変えることができなかったシトリツの方ではないか？

オリガと破局してもとの怠惰な生活に戻った主人公について、作中では次のように語られる。

彼は現在の自分の暮らしを、以前と同じオブローモフ的存在の延長と見なしていた。ただ場所の色合いや、部分的には時代の色合いが異なるだけだった。ここでもオブローモフカ村でと同様に、彼は易々と生活の煩わしさから逃れ、何ものにも乱されない平安を得て、保証することに成功したのだった。

オブローモフはシトリッツのように近代的な人間にはなれなかった。しかし、むしろそうすることを断念することによって、彼はまさに自分の幸福を手に入れたのである。

このオブローモフシチナに哲学的な意味を見出したのは、二十世紀フランスの実存主義哲学者エマニュエル・レヴィナスだ。彼は、疲労と実存の関係を論じた極めて思弁的なテクストの中でまさに『オブローモフ』に言及している。レヴィナスによれば、怠惰とは「引き受けること、所有すること、かかずらうことの拒否」である。「怠惰は生きることへの恐れであり、にもかかわらずそれもまた生きることとなのだが、この怠惰の生にあっては、不慣れなことや冒険や見知らぬ者たちへの恐れが、実存を引き受けることに対する嫌悪の吐き気を惹き起こす。ロシアの小説家の名高い作品、実存に対する根源的かつ悲劇的な怠惰の物語における、オブローモフの怠惰とはそのようなものだ」（『実存から実存者へ』、西谷修訳）

この指摘を踏まえて、もう一度この章の最初の問題に立ち戻るとしよう。そもそも、私たちはなぜ近代化を必要としたのだろうか？　私たちが積極的にそれを望んだのだろうか？　いや、違う。漱石が先に取り上げた講演の中ではっきり述べているように、「ただ西洋人が我々より強いから」だ。そこにあるのは明白な力関係であり、そもそも選択の余地などなかった。そして、「東」か「西」かという二項対立で自らを語ろうとするとき、私たちはすでに「西欧近代」という枠組みを受け入れてしまっているのだ。ゲームはすでに進行中であり、もはやそこから降りることはできない。

もちろん、「西欧への窓」と呼ばれる大都市ペテルブルグで生きるオブローモフにとっても、それは他人事ではない。だからこそ彼は社会の変革を夢想し、シトリッツに促されて一度は重い腰を上げる。だが、オブローモフの内面でどこまでも深く根を張っている宿命的な怠惰は、最終的にゲームへの参加それ自体を拒否するのだ。

超活動的なシトリッツたちの末裔が打ち立てた社会主義のユートピアが崩壊した後、ロシアは文明の廃墟の中で再び帝国の夢を見はじめた。ユーラシア主義が新たな装いのもとに復活し、「東」と「西」をめぐる議論は再び熱を帯びている。しかし、もっとも恐るべきは、オブローモフシチナ、今もロシア文化の深層に息づくこの純粋な否定の力なのかもしれない。

第3章

病める地下室男の独白

ドストエフスキー『地下室の手記』

今の世界は明るすぎる。ブログやSNSの発達により誰もが容易に情報の発信者になれるようになった現代、インターネット上では匿名の人々が日夜おのれの「正義」を掲げて終わりなき闘争を繰り広げている。もはやアンダーグラウンドは、暗い地下室は、どこにも存在しないかのようだ。

幸いなことに、自分が学生だったゼロ年代初頭にはまだフェイスブックもX（旧ツイッター）もなかったし、個人サイトやブログなどインターネットで情報発信を行っている人間はごくわずかだった。見ず知らずの他人からの「いいね」やフォロワーの数など気にすることなく、好き勝手におのれの暗い片隅に閉じこもることができた。そもそも、私にとって文学は親や教師の日の届かないところで隠れて読むような暗いものだった。

札幌の大学に入って思う存分文学や哲学に没頭する環境を手に入れた私が最初に立てた目標は、入学祝いに大阪の古書店で買った筑摩書房版のドストエフスキー全集全二十巻を読破することだった。大学の図書館や自宅アパートで、デビュー作の『貧しき人々』（一八四六）から、初期のマイナーな中短編も飛ばさず少しずつ読み進め、およそ二年かけて、後期の五大長編はもちろん、一八七三年から晩年まで断続的に発表された時事評論集の『作家の日記』、さらには書簡集や創作ノートまで読んだ。

若かりし日のこの網羅的で向こう見ずな読書をどう総括すればいいのか、正直言ってまったく途方に暮れてしまう。何もドストエフスキー研究者になろうと思っていたわけではない。ただ、二十歳前の自分にとってドストエフスキーのテクストは聖書のように神聖かつ絶対的で、無条件に読まなければならないものだったのだ。

ドストエフスキーはシベリア流刑を終える際のある書簡で、「実際に真理がキリストの外にあるとしても、私は真理とともにあるよりも、いっそキリストとともにありたいと思うでしょう」と書いている。きっと、当時の私も何かそういった揺るぎない信仰につながる啓示のようなものを求めて分厚い全集のページをめくったのだろう。だが、不信心な私の中ではいつもアリョーシャの信仰よりもイワンの無神論が勝っていた。『罪と罰』のスヴィドリガイロフや『悪霊』（一八七二）のスタヴローギンに体現される純粋な悪こそが、高らかに凱歌をあげているように思えたのだ。

とはいえ、『悪霊』や『カラマーゾフの兄弟』のような巨大な作品について今ここで語るのは適切ではないだろう。紙幅の都合もあるが、それよりも今の自分にはまだその資格がないと感じる。その代わりこの章では、こうした後期の大長編に先駆ける重要な作品で、フランスの実存主義作家アンドレ・ジッドをして「ドストエフスキーの全作品を解く鍵」と言わしめた『地下室の手記』を取り上げることにしたい。

これは書き手が「逆説家」と呼ぶ匿名の男による手記を公開するという形式の作品で、「僕は病んだ人間だ……」というなんとも強烈な一文から始まる。男は四十歳、八等官の役人だったが、親戚の遺産が転がり込んだことで自主退職し、今はペテルブルグのはずれにあるぼろアパートでひきこもり生活を送っている。

「僕は意地悪な人間になれなかったどころか、何者にもなれなかった」――そう彼は自嘲気味に自らの半生を振り返る。その自己分析によれば、彼が哀れな虫けらにさえなれなかったのは、病的なまでに強い自意識のせいだ。「美しく崇高なもの」を意識しすぎるあまり、逆に、美しさや崇高の対極にある醜悪な行為をしでかしてしまい、あまつさえそのことに快楽すら覚える始末。

匿名で痛々しい自虐を延々と書き連ねる手記の書き手は、どことなく現代日本のネットユーザーを彷彿とさせる。かつて2ちゃんねる（現5ちゃんねる）に代表される匿名掲示板にもっとも勢いがあったゼロ年代には、この大手掲示板サイトへの実際の投稿に基づいた異色の恋愛小説『電車男』（二〇〇四）が大ヒットした。これは「彼女いない歴＝年齢」の非モテ系オタクが電車でとある女性を酔っ払いから救ったことをきっかけに恋が始まり、掲示板の仲間たちからアドバイスや励ましを受けながら、最終的に意中の女性と結ばれるというサクセスストーリーだ。このような「電車男」に対して、同じく非モテでコミュ障、おまけにひきこもり、オッサン、というネガティブ属性満載のドストエフスキーの主人公は、さしずめ「地下室男」といったところだろうか。

『地下室の手記』が発表されたのは一八六四年で、だいたい『罪と罰』と同時期に当たる。先にも少し触れたが、クリミア戦争で屈辱的な敗北を喫したロシアは、自国の西欧からの立ち遅れをまざまざと見せつけられ、急死したニコライ一世の後を継いで即位したアレクサンドル二世のもと、農奴解放を筆頭に、地方自治、経済、教育、司法、軍事など幅広い分野で一連の大改革を断行した。改革の波は古い文化をも押し流し、教師、医師、法律家、ジャーナリストなど、貴族に属さない雑階級の知識人たちが台頭する。

なかでもとくに急進的な若者たちは「ニヒリスト」と呼ばれた。ニヒリストというと現代では虚無的で厭世的な価値観の持ち主を指すことが多いが、十九世紀ロシアのニヒリストたちはむしろ積極的に社会を変えようとする改革者だった。彼らは親世代の旧弊な貴族的価値観を否定し、科学や進歩史観を武器に個人の解放を唱えた。男性が髪の毛を伸ばしたり、逆に女性が短髪にして男ものの帽子やベルトを身につけたりするなど、ニヒリストはロシアにおけるカウンターカルチャーの先駆けとも言われる。

ニヒリストという言葉を普及させたのは、トゥルゲーネフの『父と子』（一八六二）という小説だ。科学的関心からもっぱらカエルの解剖に熱中している主人公の青年バザーロフは、友人の貴族趣味の伯父に向かって臆面もなく「ラファエロは一文の価値もない」と言い放つ。前の章で述べたように、「余計者」と呼ばれる従来のロシアの知識人には、意志はあってもそれを可能にする知識が欠けていたり、あるいは逆に、知識があってもそれを実行に移す意志が欠けていたりしたのに対し、バザーロフはいわばニュータイプ、意志も知識も兼ね備えた新時代の行動型知識人の典型となった。思索から行動へ。そんな変化の時代に、当時の知的な若者たちの間で人気を博したのが、思想家ニコライ・チェルヌイシェフスキーが獄中で書き上げた長編小説『何をなすべきか』（一八六三）だ。主人公の若い女性ヴェーラは母親に望まない縁談を強いられるが、独立不羈の精神を持つ彼女はそれに反発、作中で「地下室」と呼ばれる家を飛び出し、仲間の女性たちとともに協同組合的な裁縫店の経営を始める。女性解放を描いた点でフェミニズム文学の先駆けと言えるかもしれない。

ヴェーラが見る予言的な夢の中には、ロンドン万国博覧会の会場として建設された全面ガラス張りの「水晶宮」をモデルにした理想郷が登場し、そこでは発達した科学技術と合理主義のもと、労働者たちが男女平等の理想的な労働生活を送っている。小説は社会主義的な内容を含んでいたため、雑誌掲載後まもなく発禁となるが、その影響力は絶大なもので、レーニンをはじめとする後の革命家たちの愛読書となった。

では、こうした現実の変革に燃える急進的な若者たちをドストエフスキーはどのように見ていたのだろうか。実は、彼自身も二十代後半の頃に「ペトラシェフスキー会」という社会主義サークルに所属していた。会は一八四八年にフランスで起きた二月革命の影響を受けて急進化、翌年四月、ドストエフスキーはロシア正教を批判する内容を含むことから発禁扱いとなっていた批評家ヴィッサリオン・ベリンスキーの「ゴーゴリへの手紙」（一八四七）を集会で朗読し、このことを主な罪状として、その他の会員たちとともに逮捕された。その後、ドストエフスキーを含む二十一名に死刑判決が下されたが、刑の執行直前に減刑され（実は死刑は皇帝によって事前に仕組まれた茶番だった）、作家は四年間の徒刑とその後の兵役を言い渡された。

首都から遠く離れたシベリアの地で過酷な流刑生活を送る中で、ドストエフスキーは次第に自らの信念を改め、抽象的な理論から遠ざかり、ロシアの大地に生きる具体的な民衆《ナロード》に接近していく。その時の経験は、後年『作家の日記』の中で次のように振り返られている。「いや、別の何かがわれわれの見解を、われわれの信念を、われわれの心情を一変させたのだ。（……）この別の何かとは、民衆との直接的な接触であり、共通の不幸の中での民衆との兄弟的結合であり、自分自身が民衆と同じになった、彼らと比較され、彼らの最下級の者と同列に置かれさえする存在になったという理解であった」

長い流刑と兵役を終え、実に十年ぶりに首都ペテルブルグに帰還したドストエフスキーは、兄ミハイルとともに雑誌『ヴレーミャ』を創刊する。雑誌のスローガンは「土壌主義」と呼ばれる理念で、民衆から遊離して空理空論をもてあそぶ知識人を批判し、ロシアの救済には彼らがロシアの「土壌」を体現する民衆へと立ち戻ることこそが必要なのだと主張した。

こうした大きな思想的転向を経験し、すでに四十代に差し掛かろうとしていた作家にとって、宗教や伝統を真っ向から否定し、科学的合理主義の勝利を信じて疑わない頭でっかちなニヒリストたちを見るのは、まるで若かりし頃の自分の姿を見るようで苦々しかったことだろう。『地下室の手記』は明確に『何をなすべきか』への反駁として書かれており、ドストエフスキーのアンチ・ヒーローは、まさに女性企業家ヴェーラが抜け出した暗い「地下室」から、いや待てよ、人間というのはそんな単純なものじゃないんだ、と訴える。
地下室男に言わせれば、人間はその気になれば歯痛のような苦しみにすら快楽を見いだすほど倒錯した生き物なのであって、「二二が四」のようなわかりきった数学的法則には微塵の幸福も存在しない。なぜなら、人間は一見すると幸福という最終目標に到達することを望んでいるようで、実は目標にたどり着いてしまうことを密かに恐れているからだ。

（……）しかし諸君、二二が四はもはや生ではなく、死の始まりではないか。少なくとも人間はいつだってなぜかこの二二が四を恐れてきたし、僕は今でも恐れている。たとえ人間の行いはこの二二が四を探し出すことだけで、その探究のために大海原を渡り、命を犠牲にしているのだとしても、探し終えて、本当に見つけてしまうことは、誓って言うが、なぜか恐れている。というのも、見つけてしまったら、もう探し出すものがなくなってしまうことを感じ取っているからだ。労働者なら、仕事を終えた後は、少なくとも金がもらえて、居酒屋へ行って、その後は警察の厄介になって――まあ、そうやって一週間はつぶせるわけだ。だが、人間はどこへ行けばいい？少なくとも、そうした目標が達成されるたび、人間はどこか気まずい様子を見せる。人間は達成を好むくせに、実際に達成してしまうことはあまり好まないわけで、これはもちろんひどく滑稽なことだ。要するに、人間は喜劇的にできているので、こういったすべてが、どうやらダジャレみたいなものだ。しかし、二二が四はやはりまったくもって鼻持ちならない代物である。二二が四なんてものは、僕に言わせれば、単なる破廉恥でしかない。二二が四が偉そうに両手を腰に当て、諸君の行く手に立ちはだかり、ぺっぺと唾を飛ばしている。二二が四が素晴らしいものだということは同意するが、何でも褒めるというのなら、二二が五だって、ときにはとびきり愛すべきものではないだろうか。

このような捻くれた考えを持つ地下室男にとって、チェルヌイシェフスキーが『何をなすべきか』で描いたような、合理的に計算されつくした「水晶宮」はおよそ耐えがたいものだ。そこで暮らす人々はもっぱら公共の利益に奉仕するために働くことになるわけだが、地下室男に言わせれば、人間にとっていちばん大事なのは、他人の欲求などではなく、自分自身の放恣な欲求を満たすことであり、こうした自己中心性はありとあらゆる合理的な体系や理論を破壊する。合理的なことだけでなく、不合理なことや、ときには何の意味もないような馬鹿げたことすらも欲望できるという点にこそ、機械や動物とは決定的に異なる人間の本質があるのだ。

したがって、内緒で舌を出したり、こっそりあっかんべえしたりすることも許されないような「水晶宮」に住まわされるくらいなら、いっそのこと薄暗い地下室にこもって惰眠を貪っている方がマシだ。つまり、「地下室万歳!」というわけである。

こうして一方的な持論をひとくさり展開したあと、続く第二部では、地下室男が二十四歳だった頃の思い出話が語られる。当時からすでに人間嫌いの孤独な性格で、読書と女遊びを行ったり来たりするろくでもない生活を送っていた彼は、安レストランのビリヤード場でとある将校に体を押しのけられたことに腹を立てる。後日、当の将校がネフスキー大通りを威張りながら歩いている姿を目撃し、今度道ですれ違うときには絶対に道を譲るものかと決意。何度か失敗を重ねた後、ついに将校の肩に自分の肩をぶつからせることに成功し、勝ち誇った気分に浸る……。

前半の威勢のいい毒舌と比べると、なんともしみったれたエピソードではある。だが、これもどことなく現代の、ネット上では偉そうに威張っているくせに、現実世界では小心で意気地がない、いわゆる「ネット弁慶」を思わせはしないだろうか。

妄想にばかり耽ることにも飽きた地下室男は、今度は学校時代の友人の家を訪ねる。友人は同窓の二人とともに、間もなく遠方の県に赴任する同じく同窓の将校のための送別会を企画している。三人は地下室男抜きで送別会を開こうとするが、自分が無視されたことが気に食わない彼は、強引に自分も送別会のメンバーに加えさせる。しかし当日、地下室男は宴会の席で友人たちから散々馬鹿にされ、無視される。怒った彼は娼婦を買いに出かけた友人たちの後を追いかけるが、時すでに遅しで、娼館に彼らの姿はない。

気持ちの収まりがつかない地下室男は、娼館でリーザという二十歳の娼婦を買う。自暴自棄に陥っている娘に、彼は人生の本当の幸福を――彼女から「まるで本を読んでるみたい」と揶揄されながらも――諄々と説き聞かせる。長広舌を振るっているうちに気分が高揚し、勢いで別れ際にリーザに自分のアドレスを渡してしまうが、後になって、彼女が本当に訪ねてきたらどうしようとうじうじ思い悩む。

そして後日、給料の支払いをめぐって召使いのアポロンと低劣な言い争いをしているところに、本当にリーザが訪ねてくる。娼婦をやめたいと相談する彼女に対して、地下室男は、前に同情的な言葉をかけたのは友人たちに侮辱された腹いせで、本心では彼女の破滅を望んでいたのだと告白する。

「(……)僕には安らぎが必要なんだ。そっとしておいてくれるのなら、僕は今すぐ全世界を一コペイカで売り飛ばしてやる。世界が破滅するか、それとも僕がお茶を飲めなくなるか？　教えてやるよ、僕がいつでもお茶を飲めるのなら、世界なんか破滅してもかまわない(……)」

リーザは彼が不幸な人間であることを察すると、ただ「さよなら」と言い残し、施しの五ルーブルも受け取らずに立ち去る。最終的に女性と結ばれてめでたく掲示板から去った現代日本の電車男と異なり、十九世紀ペテルブルグの地下室男は、中年になった今も誰とも人間的な関係を結ぶことができず、薄暗い地下室にこもって匿名の手記を書きつづけている……。だが、実話に基づいた『電車男』の結末があまり現実味のない夢物語に思えるのに対して、「弱者男性」なるいびつな言葉がＳＮＳを賑わせている昨今、架空の存在である地下室男は、ますます不気味な存在感を増しているように思える。

その後、ドストエフスキーは『未成年』(一八七五)の創作ノートで『地下室の手記』について次のように書きとめている。「ロシア人の大多数である真実の人間を初めて克明に描き、その醜悪で悲劇的な面を初めて明るみに出したことは私の誇りだ。悲劇は醜悪さを意識しているところにある。ただ私だけが地下室の悲劇を克明に描いた。その悲劇とは、苦悩と、自虐と、よりよいものを意識しながら、それを得ることができず、そして何より、こうした不幸な人々が、誰もがそんなもので、したがって自分を改めるにはおよばないとはっきり確信している点に存在する」

後年の研究によると、ドストエフスキーは作中にキリストや信仰に関するくだりを盛り込もうとしたが、検閲で削除されたという。そう、地下室男はただ苦痛に快楽を見出すだけのマゾヒストではないのだ。この根暗なアンチ・ヒーローは、あるいは誰よりも「美しく崇高なもの」への憧れを抱きながら、おのれの醜悪さを意識しすぎているがゆえに、どうしてもそれを拒絶せざるを得ないのかもしれない。

世界が明るくなればなるほど、影もまたその濃さを増していく。光と影、善と悪、美と醜——それらは人間にとってコインの表裏のように切っても切れないものであり、後者の分析の深さにおいてドストエフスキーの右に出る作家はいない。「二二が四」という圧倒的な正しさに果敢に挑みかかる地下室男の姿は、風車に挑みかかるドン・キホーテさながらに滑稽だが、それと同時に、なんと人間的で生き生きしていることだろう。まばゆいばかりの正義が氾濫するこの現代社会で、逆説に満ちた地下室男の声は今なお暗い魅力を放ちつづけている。

第4章

もはや死はない

トルストイ『イワン・イリイチの死』

二〇二二年、黒澤明監督の『生きる』（一九五二）がノーベル賞作家カズオ・イシグロの脚本でリメイクされて話題となった。実は黒澤版の『生きる』にも元になった作品がある。十九世紀ロシア文学の巨匠トルストイの小説『イワン・イリイチの死』（一八八六）がそれだ。

戦後復興期の日本が舞台の黒澤版『生きる』の主人公は、とある市役所で「市民課長」として働く渡辺だ。張り合いのない毎日をただ惰性的にやり過ごしているだけの彼は、ある日、自分が胃がんに冒されており、余命いくばくもないことを悟る。自暴自棄に陥って放蕩に耽るが、絶望から脱け出すことはできない。しかし、生命力あふれる元部下の娘からかけられた何気ない一言がきっかけとなって、自分にもまだできることがあると感じ、市民の強い要望があったにもかかわらず放置されていた公園の建設に取り掛かる。

学生の頃に初めてこの白黒映画を観たとき、とりわけ鮮烈な印象を受けたのは、渡辺が本当の意味で生きはじめたところで、物語が一瞬で彼の通夜の場面にジャンプする演出だ（公園建設に対する渡辺の貢献については、その場で同僚や知人らの口から語られる)。避けがたい死への覚悟からもたらされる再生に焦点を当てたこの演出は、当時サルトルやハイデガーなど実存主義系の哲学書を読み漁っていた私には、不思議とすんなり腑に落ちるものだった。

とはいうものの、黒澤が下敷きにしたトルストイの作品には苦手意識を抱いていた。ロシア文学には「ドストエフスキーかトルストイか」という有名な二者択一があるが、私が好きだったのは、言うまでもなく前者だった。高校の頃に『戦争と平和』(一八六五-六九)を読んだが、はたしてどこまできちんと読めていたか怪しいものだ。壮大な歴史と様々な人間模様を描いた大河小説より、個人の内面をひたすら深く掘り下げていくドストエフスキーの心理小説の方がはるかに身近に感じられたのである。

もっとも、多くの若者にとってそれは自然なことではないだろうか。たとえば、『戦争と平和』と双璧をなす大作『アンナ・カレーニナ』(一八七五-七七)の冒頭には、「幸福な家庭はみな似通っているが、不幸な家庭はそれぞれ不幸の形が異なっている」という格言風の一節がある。今でこそ、家庭の幸福にだって色々な形があるのではないか、などと生意気に考えたりもするが、それも自分が年齢を重ね、曲がりなりにも家庭を持つようになったからだ。そもそも、『アンナ・カレーニナ』は中心となる筋書きだけ抜き出せば日本の昼ドラで放送されてもおかしくないようなドロドロした不倫劇で、惚れた腫れたで一喜一憂している十代の若者が実感を持って鑑賞するにはハードルが高い。

一八二八年に由緒ある伯爵家の四男として生まれたトルストイは、当時のロシア人男性の平均寿命からするとかなり長命で、八十二歳まで生きた。長い白ひげをたくわえた晩年のイメージもあり、いかにも堅苦しい道徳家という印象を持たれがちだが、実際はすこぶるエネルギッシュな人物で、農地経営に乗り出したり、農民の子どもたちのために学校を開いたり、独自の教科書を作ったりと、その多くは失敗に終わりはしたものの、実に様々な事業にチャレンジしている。若い頃はギャンブルに熱中したこともあるし、クリミア戦争の主戦場となったセヴァストポリでは凄惨な戦場を経験した。妻ソフィヤとの間には十人以上の子どもをもうけ、結婚前に関係を持った農婦との間には婚外子がいる。

『戦争と平和』と『アンナ・カレーニナ』という、十九世紀文学の最高峰とも言える二大巨編を書いたトルストイは、四十代にして早くも世界的な文豪となったが、こうした破格の成功はむしろ作家に大きな精神的危機をもたらした。富や名声を追い求めるだけの人生は虚しい。人はいったい何のために生きるのか？　トルストイは宗教に救いを求めたが、正教会の教義は誤りや虚偽に満ちているとしてそれを退け、キリスト本来の教えに基づく独自の教義を打ち立てた。結果、正教会からは破門を宣告され、それは作家の没後一世期以上を経た今も取り消されていない。

映画『生きる』の元になった『イワン・イリイチの死』は、このいわゆる「回心」の後に書かれた小説だ。主人公のイワン・イリイチ・ゴロヴィーンは裁判官で、物語は「終わり」から、すなわち主人公の死の後から倒叙的に始まる。

冒頭、ある二人の同僚はイワン・イリイチの訃報に接し、故人の家を弔問に訪れる。しかし彼らの頭を占めているのは、故人の後任をめぐる人事や、今夜の賭け事のことだ。故人の妻も夫の死を悲しむよりも、墓地の価格や、夫が死んだことで国から受け取れる手当の額が気になる様子。同僚の一人は故人の臨終の様子を聞いてぞっとするが、それはあくまで他人の身に起きたことだと自分に言い聞かせ、友人の家へ遊びに出かける。

死は人間に等しく訪れる。にもかかわらず、私たちは——少なくとも心身ともに健康である限り——死などまるで存在しないかのように、あたかも自分だけは例外であるかのように振る舞いながら、日々のうのうと生きている。「サステナビリティ」や「ウェルビーイング」といった言葉が象徴しているように、重要なのは、今ある命をいかに健康的に長く持続させるかということだけだ。かつてフーコーが指摘したように、死がつねに身近にあった中世とは異なり、近代社会において死は人々の意識から隠されるべきものとなった。

語り手は手始めに現代における死の不在という状況を端的に描き出した後、今度は運悪く死神に目をつけられてしまった哀れな主人公の人生にフォーカスしていく。官吏の次男として生まれたイワン・イリイチは、法律学校を好成績で卒業した秀才だ。仕事ができるだけでなく、社交的でもあり、ひょうきんで礼儀正しい性格から上司にも気に入られ、女性にもモテた。予審判事になった後は良家の令嬢と結婚。結婚生活は円満とはいかず、夫婦間では口論が絶えなかったが、仕事の方面では順調に出世街道を進んでいた。一言で言えば、イワン・イリイチは実に順風満帆な人生を送っていたのである。

ところが、結婚十七年目にして最初の危機が訪れる。イワン・イリイチはとある大学都市の裁判所長になる予定だったが、そのポストを別の人物に横取りされてしまったのだ。彼にとってそれは初の挫折となるが、友人のコネを上手く利用して同輩よりも二階級上のポストを獲得することに成功する。この昇進には妻も大喜びで、夫婦仲も一気に改善する。

こうして無事に危機を脱したイワン・イリイチは、喜び勇んで新たな任地に赴き、こだわり抜いて改装した新居で家族そろって新生活を始める。裁判所では仕事をプロフェッショナルにこなし、プライベートでは社交界の重要人物たちを招いて小さな晩餐会を開いたり、趣味のトランプゲームに興じたりする。子どもたちも順調に育っている。

だが、安定した暮らしは主人公を見舞ったある病気によってガラガラと音を立てて崩壊していく。新居を改装した際、イワン・イリイチは壁紙を張ろうとして梯子から転落し、脇腹を窓枠の取っ手にぶつけたのだが、実はそれがもとで内臓に異常が生じていたのだ。彼は妻に促されて医者にかかるが、医者はイワン・イリイチ自身がまさに法廷で被告に対して取っているのと同じもったいぶった態度で診察を行い、そのあまりの冷淡さに彼はショックを受ける。

それ以来、病気がイワン・イリイチの生活の中心に居座るようになる。仕事をしていても、トランプをしていても、些細なことですぐに痛みが気になる。自ら医学書を読み、様々な医者の診断を受け、果てはオカルト療法にまで手を出しそうになるが、病状は悪化するばかり。彼は自分の身に何か非常に恐ろしいことが起きていることに気づくが、周囲の誰もその苦しみを理解してくれない。それどころか、同僚たちが自分のことをじきにポストを明け渡す人間を見るような目で見ている気さえしてくる始末。

病状は改善せず、イワン・イリイチは自分が死ぬことを悟るが、死という現実をどうしても受け入れられない。「カイウスは人間である。人間は死ぬ。したがってカイウスは死ぬ」という有名な三段論法がある。これは一般論としてはわかるが、なぜ特別でかけがえのない存在であるはずの自分に当てはまるのか？　彼は仕事に没頭することで死の幻影を追い払おうとするが、そのたびに脇腹に痛みが走り、死がその存在を主張する。病気の発症から三カ月目にはもはや日常生活もままならなくなる。治療のためにアヘンやモルフィネが投与され、食事は特別メニューとなり、排泄にも特別な装置が用いられる。

だが、この苦痛に満ちた生活の中に、あるささやかな慰めが生まれる。家にはゲラーシムという台所番の若い百姓がおり、主人の便器を片づける役目を負っていた。椅子に座ってゲラーシムに自分の足を持ってもらっている間はなぜか痛みを感じないような気がして、イワン・イリイチは時折ゲラーシムを呼んで彼と話すようになった。周囲の人々の気遣いを装った嘘が彼には苦痛だったが、ゲラーシムだけは嘘をつかず、「みんな死ぬのですから。お世話をするのは当然です」と素直な気持ちで主人を思いやってくれたのだ。

イワン・イリイチはこれまでの自分の人生を振り返り、幼少期を除くと心底楽しいと思えるような出来事はほとんどなかったことに気づく。人生という山を登っていたつもりが、実際には下っていたのだ。苦労して得た富も、地位も、結婚も、すべてが無意味に思えた。なぜ自分は苦しみながら死んでいくのか、彼は死の床で答えなき問いを発しつづける。

その後、三日間にわたる断末魔の苦しみが続き、死の直前、イワン・イリイチはついに自分の人生が間違っていたことを認め、同時に、今からでもまだできることがあると悟る。それは、ゲラーシムが素直に彼を思いやってくれたように、自分も妻や子どもたちを思いやってやり、彼らを苦しみから救ってやることだ。そうすれば、自分も苦しみから解放される。

『なんとよいことだろう、なんと簡単なことだろう』と彼は思った。『痛みは?』彼は自問する。『痛みはどこへ? なあ、痛みよ、どこにいるんだ?』

彼は耳を澄ました。

『ほら、ここだ。べつにいい、痛みなんか放っておけ』

『では、死は? 死はどこだ?』

彼は以前から馴染んできた死の恐怖を探したが、見つからなかった。死はどこだ? 死とは何だ? 恐怖は少しもなかった、なぜなら死がなかったからだ。

死の代わりに光があった。

「まさにこれだ!」突然、彼は声に出して言った。「なんという喜びだろう!」

彼にとってすべては一瞬の出来事で、この一瞬の意味はもはや変わらなかった。そばにいる人々にとって、断末魔の苦しみはさらに二時間続いた。彼の胸の中で何かがごろごろ音を立て、やつれきった体がぴくぴく震えた。その後、ごろごろいう音やぜえぜえいう音はどんどん間遠になっていった。

「終わった！」誰かが彼の頭上で言った。

彼はその言葉を聞いて、心の中で繰り返した。『死は終わった』彼は自分に言った。『もはや死はない』

彼は空気を吸い込んだが、吐き出す途中で止まり、ぐっと身を伸ばしてから死んだ。

「もはや死はない」という主人公の臨終の言葉の意味は、現代社会における「死の不在」とは対照的だ。イワン・イリイチは——そして『生きる』の渡辺も——避けがたい死から目を背けず、死と真正面から向き合うことによって、生の本当の意味を理解し、それによって死を克服する。

アレクサンドル・ゲニスという現代の批評家は、真実に対するトルストイのこうしたストイックな姿勢を、「キャベツ・パラダイム」というユニークな枠組みで説明している。「キャベツ・パラダイム」とは、キャベツの葉を一枚一枚剝がしていけば最後に硬い芯が現れるように、現実の深層には、「その中に文化モデル全体の中心的啓示が含まれているような秘められた核」が存在し、それ以外の現実の諸層は「意味形成の中心への侵入」を阻む余計なものでしかない、とする考え方だ

（「タマネギとキャベツ」）。『イワン・イリイチの死』においては、仕事や家族や社交界といった主人公を取り巻く環境はいわば「キャベツの葉」にすぎず、死はその葉を残らず剝ぎ取った後に残る硬い「芯」である。

後期トルストイの著作に顕著なこうした思想の徹底性は、『イワン・イリイチの死』の三年後に書かれた『クロイツェル・ソナタ』（一八八九）で、今度は性愛をめぐる議論の中で存分に発揮されている。早春の頃、長い汽車の旅を続けていた語り手の周囲で、乗客たちによる結婚談義が始まる。恋愛の自由や女性の権利など進歩的な意見を述べる婦人に対し、向かいに座っていた商人の老人は、離婚の増加は教育のせいで、妻は夫に従うべきだと反論する。

乗客たちが老人の古臭い家父長的な結婚観に呆れていると、今度は語り手の後ろの席に座っていた白髪頭の紳士が会話に加わる。彼が言うには、永続的な愛などというものは小説の中だけの話で、実生活ではあり得ない。しかし、それは肉体的な愛のことで、精神的な愛情もあるのではないかという婦人の反論に、白髪の紳士は、もしそうなら「一緒に寝る必要はない」と述べ、結婚制度の欺瞞を批判する。そして、自分の名はポズヌイシェフで、過去に夫婦関係のもつれから妻を殺害したと衝撃の告白をする。

次の駅に着き、婦人らが別の車両へ移った後、ポズヌイシェフは語り手に妻を殺した顚末を語る。彼は十代の半ばから放蕩生活に耽っていたが、当時は誰もそれを悪いことだとは認識していなかった。それどころか、放蕩は「若者にとってもっとも自然で、許されているどころか、罪のない遊び」だと見なされていた。

女性を性欲の対象としてのみ見る誤った価値観の延長線上に結婚がある以上、夫婦生活が上手くいくはずはない。やがてポズヌイシェフは結婚するが、たえず嫉妬に苦しめられ、妻と音楽家の友人（作品のタイトルは二人が晩餐会で演奏するベートーヴェンのクロイツェル・ソナタに由来している）の不倫関係への疑いから、ついに妻を殺めてしまう。

男女関係をすべて性愛の問題に還元しようとするポズヌイシェフと語り手との対話は、ときに読者を思わぬ結論へと導いていく。夫婦間の性交渉は煙草と同じように控えるべき「悪徳」であり、出産は法律で制限すべきだと言うポズヌイシェフに対して、語り手は、もしそんなことが認められれば、人類は滅亡するではないかと反論する。


彼はすぐには答えなかった。

「人類はどうやって存続するのかとおっしゃるんですね？」彼は再び私の向かいに座ると、大きく広げた両脚に低い姿勢で肘を突いてから言った。「なぜ存続しなければならないのですか、その人類は？」彼は言った。

「なぜとはどういうことです？　さもないと、私たちは存在しなくなってしまうじゃないですか」

「しかし、なぜ私たちは存在しないといけないのですか？」

「なぜとは？　そりゃあ生きるためですよ」

「では、なぜ生きるのですか？　もしいかなる目的もなく、ただ生きるために命が与えられているのなら、生きる意味はありません。もしそうなら、ショーペンハウアーやハルトマン、そしてすべての仏教徒たちは完全に正しいのです。それで、もし生命の目的があるとすれば、目的が達せられた暁には、生命は終わるべきだということは明白です。そういう結論になるのですよ」彼は明らかに自分の考えを非常に重んじている様子で、目に見えて興奮しながら話していた。「そういう結論になるのですよ。いいですか！　もし人類の目的が、幸福とか、善とか、愛とか、何でもいいですが、もし人類の目的が預言で言われたこと、つまりすべての人々が愛によってひとつになり、槍を鎌に鍛え直す云々といったことだとすれば、この目的の達成を妨げているのは何でしょう？　妨げているのは情欲です。情欲の中でももっとも強力で、邪悪で、しつこいのが、性欲や肉欲なのだから、もし情欲や、その中で最悪最強の肉欲が滅ぼされたなら、預言は成就し、人々はひとつになり、人類の目的は達せられ、生きる意味はなくなるでしょう」

ポズヌイシェフの一見すると倒錯した結論は、近年哲学界で注目されている反出生主義思想にも通じるところがある。引用の中に出てくるショーペンハウアーや仏教の思想は反出生主義の源流として語られることが多いが、実はトルストイ自身もショーペンハウアーの熱心な読者だった。福音書の姦淫の戒めの徹底化から結婚や出産の否定に至る作中の考えは、当時のロシアの宗教界で危険視され、作品は発禁処分を受けるに至った。

もっとも、作者であるトルストイ自身は決して自ら提示したストイックな理想を体現するような聖人君子ではなかった。『クロイツェル・ソナタ』で散々性欲や結婚を悪だと語っておきながら、当の作家は六十歳にして妻との間に第九男をもうけている。ポズヌイシェフ同様、若い頃からおのれの抑えがたい性欲に翻弄されてきたトルストイにとって、作中で表明した性愛への嫌悪は、ほかならぬ自分自身に向けられた戒めだったのかもしれない。

結局、家庭をめぐる悩みは晩年まで尽きることはなかった。求道者としての自己矛盾や妻との不仲に長年苦しみつづけたトルストイは、一九一〇年秋、とうとう家出を決行する。しかし、途中で肺炎にかかり、リャザン・ウラル鉄道のアスターポヴォという小さな駅で息を引き取った。八十二歳まで生きた世紀の大文豪は、人生の最期にはたして「もはや死はない」という境地に至ることができたのだろうか？

人間が人間でありつづける限り、性欲はなくならないだろう。暴力もなくならないだろう。そしておそらく、国家がなくなることも――少なくとも近い将来には――ありそうにない。トルストイ自身、そのことを充分わかっていたはずだ。しかし、だからといって、そのような理想が無意味だということではない。事実、トルストイが提示した生き方は多くの人々の共感を呼び、世界的な運動にまで発展した。ガンジーやキング牧師の非暴力運動がトルストイの影響を受けていることは広く知られている。

また最近では、IC3PEAK（アイスピーク）というロシアの電子音楽デュオの「もはや死はない」

（二〇一八）という楽曲が話題となった。年々閉塞感の強まるプーチン政権下のロシアを痛烈に諷刺した内容で、そのミュージック・ビデオでは、俗に「ホワイトハウス」と呼ばれるロシア連邦政府庁舎前で、黒い衣装に身を包んだボーカルのナースチャが、手にしたタンクからガソリンらしき液体を自らに浴びせながら、「ロシア中が私のことを見ている／すべて燃えるがいい、すべて燃えるがいい」と歌う。これを問題視した政府は彼女たちに弾圧を加えたが、「もはや死はない」は政府への抗議デモのアンセムとなり、ユーチューブにアップされた動画の再生回数は二〇二四年五月時点で一億六千万回を超えている。いかなる権威にも屈しないトルストイの反骨精神は現代にも受け継がれているのだ。

重厚なテクストから浮かび上がるトルストイのイメージは、実際のトルストイよりもはるかに巨大だ。このロシア文学最大の巨人は、今なおはるかな高みから、虚飾にまみれ、生きる意味を忘却し、日々愚かな諍いや争いを繰り返している私たち小さな人間に厳しい目を注いでいる。

第5章

世界がひずむ音

チェーホフ『六号室』

柄谷行人はかつて「意味に憑かれるという病」が近代を生み出したと指摘したが（「マクベス論――意味に憑かれた人間」）、十九世紀ロシア文学にはそうした近代の「病理」がとりわけ鮮明に現れているように思われる。晩年のある有名な講演で全人類に調和をもたらす「最終的な言葉」を発することがロシア人の使命だと語ったドストエフスキーなどは、まさに生涯を意味の探究に捧げた作家だったと言えるだろう。

しかし、作家の深い洞察はときとして、実際のところ生命の存在は無意味であり、ひょっとするとそこに明確な目的など存在しないのではないか、という真逆の結論を導き出した。純真無垢なムイシキン公爵を通して「完全に美しい人間」を描こうとした長編『白痴』には、イッポリートという青年が登場する。結核を患い死期が近い彼は、キリストの遺体を一切美化せず生々しく描き出した、ドイツの画家ハンス・ホルバインの絵画「墓の中の死せるキリスト」（一五二一－二二）について、次のような寸評を行う。

この絵を見ていると、自然というものが、何か巨大で容赦のない物言わぬ獣の姿で、あるいはより正確に、奇妙な言い方にはなるが、それでもはるかに正確に言えば、ある最新式の巨大な機械の姿で目の前に浮かんでくる。その機械は、偉大で限りなく尊い存在を無意味につかまえ、粉々に打ち砕き、虚ろに、何の感情もなく呑み込んでしまった――その存在は、それだけで全自然、その全法則、全地球に値し、ひょっとすると、地球もその存在が現れるためにのみ創り出されたのかもしれないというのに！　この絵はまるで、まさに万物が従わされている、暗愚で、不遜で、無意味に永遠に続く力の観念を表しているかのようであり、その観念はひとりでにこちらに伝わってくる。

カフカの寓話を彷彿とさせる右の一節は、個人的にはドストエフスキー自身のメシアニズム的な信念よりもはるかに説得力をもって響く。学生時代の自分を振り返ると、それこそ世界を十全に意味づけてくれる「最終的な言葉」を求めて様々な小説や哲学書を闇雲に読み漁ったものだが、抽象的な世界に深く入り込めば入り込むほど、言葉で仮構された目に見えない陥穽に囚われていく――そんな奇妙な感覚が強まった。

この行き詰まりを打破するきっかけになったのが、高校の頃から愛読していた坂口安吾だ。「文学のふるさと」（一九四一）という有名なエッセイで安吾は、人間の生存はどこまでも孤独で、むごたらしく、救いがないが、救いがないことが唯一の救いなのだと述べ、それを文学の「ふるさと」と呼んだ。一見ここでは人間の実存的な孤独が「ふるさと」という感傷的な言葉のもとに絶対化されているようだが、その後で著者は、「ふるさとは我々のゆりかごではあるけれども、大人の仕事は、決してふるさとへ帰ることではないから」と釘を刺している。

自分の中で長らく続いたドストエフスキー熱が引いてくるにつれて、私は安吾の戒めを理解できるようになった。たしかに優れた思想や理論は世界に対する新しい見方を提示してくれるが、ひとつの考え方にあまりに固執していると、今度はそれ自体がドグマと化し、世界とのつながりを見失ってしまう。「ふるさと」を意識しながら、同時に距離を取って眺めること――それが安吾から学んだ世界との向き合い方だった。

こうした意識の変化の中で、私は改めてチェーホフに出会った。もちろん作品自体はそれ以前から読んでいたが、その魅力を再発見したのは、『地下鉄のザジ』(一九六〇)などで知られるフランスの映画監督ルイ・マルの遺作となった、『42丁目のワーニャ』(一九九四)だ。これはチェーホフの四大戯曲のひとつである『ワーニャ伯父さん』(一八九七)の舞台リハーサルを追ったドキュメンタリー風の映画で、自分の人生に絶望したワーニャに自殺というお定まりの出口を与えず、あくまで苦しみながら生きさせるという、見方を変えれば冷酷とも言える作者の姿勢は、安易な悟りや救済に懐疑的になっていた自分自身の心情と重なるものがあった。すぐに私は大学の近所の古本屋で中央公論社版のチェーホフ全集全十六巻を購入し、またも律儀に一巻から読みはじめ、早くも卒論はチェーホフで書くことに決めた（もっとも、前にも書いたように、その後テーマは再び変わってしまうのだが……）。

当時は意識していなかったが、今から思うと、ドストエフスキーに疲れた私がチェーホフへと進んだのは自然の成り行きだった。チェーホフが小説を書きはじめた一八八〇年代は文学史的には「空白の時代」と呼ばれる。ドストエフスキーやトゥルゲーネフといった大物作家が相次いで他界し、「回心」後のトルストイは文学から遠ざかっていた。八一年には革命組織「人民の意志」派によって皇帝が暗殺されたが、あとを継いだアレクサンドル三世のもとで弾圧が強まり、革命運動は冬の時代を迎える。私と同じように、当時のロシア社会もドストエフスキーやトルストイが描いた壮大な物語に疲弊していたのだ。

そんな斜陽の時代に文壇に登場したチェーホフは、最初から「偉大な作家」になることを志していたわけではなかった。十九世紀の作家の多くと違って貴族出身ではなかった彼は、モスクワ大学の医学部で学ぶかたわら、家計を助けるためにユーモア雑誌に短編を書きはじめた。「アントーシャ・チェホンテ」などのペンネームで書かれた短編の数は実に数百にのぼり、一年に百本書いたこともあった。その中には現在も読み継がれている佳作がいくつも含まれるが、当時の文壇の重鎮から貴重な才能を浪費するのはやめるようにと戒められたことで、本名を名乗って本格的に文学に取り組むようになる。

もっとも、チェーホフは何かひとつの理想を生涯にわたって真面目に追求できるような人間ではなかった。一八八〇年代はいわゆる「トルストイ主義」が広まった時期で、悪への無抵抗や道徳的自己完成を説くその思想にチェーホフも一時期のめり込んだが、やがてあまりに潔癖な道徳に疑問を抱くようになる。

トルストイの哲学にひどく胸を打たれ、六、七年間、僕はその虜になっていました。僕に影響を与えたのは、以前から知っていた基本的な論旨ではなく、トルストイの表現方法や、思慮深さ、そしておそらくは一種の催眠術だったのです。今は僕の中で何かが抗議しています。慎重さと正義が僕に、純潔や肉の節制よりも、電気や蒸気の中にこそより多くの人間愛があるのだと語っています。戦争は悪だ、裁判は悪だ、しかしだからといって、僕が草鞋を履いて歩いたり、作男やその妻と一緒に暖炉の上で寝たりしなければならない理由にはなりません。しかしそれが、「賛否」が問題ではないのです。問題は、いずれにせよ、僕にとってトルストイはもはや過ぎ去ったのであって、僕の心の中に彼はおらず、「われ汝の家を空のままにせん」と言い残して僕から出て行ったことにあるのです。（A・S・スヴォーリンへの手紙）

同時代を生きた二人の関係には微妙なところもあったようだ。当時すでに世界的な大文豪だったトルストイは、「散文におけるプーシキン」と若い後進の才能を極めて高く評価する一方で、彼の戯曲については、部屋を行ったり来たりするだけで中身がないなどと酷評し、チェーホフ独自の美学に必ずしも理解があったわけではなかった。

医者であるチェーホフは、死生観についてもトルストイとは異なる見解を持っていた。『退屈な話』(一八八九)の語り手ニコライ・ステパノヴィチは六十二歳、国内外で数々の勲章を授かった高名な名誉教授だ。老境に入り、死期が迫っている彼にとって、かつて愛情を注いだ家族は苛立ちの種であり、熱意を持って行ってきた講義は今や苦痛でしかない。前の章で取り上げたトルストイの『イワン・イリイチの死』の三年後に発表された作品で、自らの死を前にした絶望というテーマは共通しているが、人生の最期でついに安らぎを得たトルストイの主人公とは異なり、ニコライ・ステパノヴィチは一向に人生の意味を見出すことができない。


そして今、私は自分に問う。私の望みは何だ?

私は、世の細君や子どもや友人や教え子たちが、名前や評判やレッテルではなく、私たちの中にある普通の人間を愛してくれることを望む。ほかには何を? 手助けしてくれる人や、あとを継いでくれる人がほしい。ほかには何を? 百年後に目覚めて、科学がどうなっているか、ひと目でいいから見てみたい。あと十年くらい生きたい……。それ以上は何を?

それ以上は何もない。私は考える。長いこと考えてみるが、もう何も思い浮かばない。それに、いくら考えようが、どんなに思い巡らそうが、私の願望には重要なものも、とても大切なものもないことは、自分でも明らかだ。私の科学への愛にも、生きたいという願望にも、こうして他人のベッドに座っていることにも、自分自身を知ろうとする努力にも、あらゆる事柄について私が組み立てるすべての思考や感情や概念にも、こうしたすべてをひとつの全体にまとめてくれるような共通の何かが欠けている。感情や思考はそれぞれ私の中で別個に生きており、科学や演劇や文学や学生に関する私の意見の中にも、私の想像が描き出すどんな絵の中にも、いかに巧妙な分析家といえども、共通の理念とか生きた人間の神とか呼ばれるものを見出せないだろう。

それがないとすれば、つまり何もないのである。


トルストイが五十代後半で『イワン・イリイチの死』を書いたのに対し、チェーホフはこのときまだ三十歳手前だったことを考慮に入れなければならないとしても、ここには人生には究極的な意味や目的があるはずだという考え方に対するチェーホフの懐疑が明確に現れている。

作中で老教授が吐露した内面の空虚さは、三十代に差し掛かろうとしていた作家自身が抱いていた危機感でもあった。はたしてそれが理由なのか、真相は今もはっきりしないが、とにかくその翌年、チェーホフは突如、極東のサハリンへ流刑地調査の旅に出発する。そこで彼は過酷な生活環境に置かれた囚人たちの実態をつぶさに研究し、その成果をまとめた『サハリン島』(一八九三－一九〇四)は今でも学術的な価値を持っている。

チェーホフはサハリンで「死刑以外のすべて」を目にし、そこはさながら「地獄のよう」だったという。この体験は作家の人生観に大きな影響を与えた。チェーホフ作品の翻訳者である浦雅春によれば、サハリンから戻った後の作家の作品では、「閉所」や「閉ざされる」といったモチーフが前景化する。「たしかにサハリンは隔離され、封印された、犯罪者の流刑地だが、チェーホフはロシア自体が「閉ざされた」サハリンにほかならないことを、このサハリンで発見した」（『ヴェーロチカ／六号室　チェーホフ傑作選』の訳者解説より）

異常が正常となり、狂気が正気となる世界。『六号室』（一八九二）は、そんな倒錯した世界を見事に描いた傑作だ。とある荒廃した慈善病院に「六号室」と呼ばれる離れがあり、そこには五名の精神病患者が入院している。ラーギンはこの病院の医者だが、その惨憺たる有り様に半ば匙を投げている。

そんなある日、六号室を訪れたラーギンはグロモフという一人の患者に惹きつけられる。大の読書家で、かつて裁判所の執達吏として働いていたこの男は、自分が逮捕されるという妄想が高じて精神を病んだ。彼はラーギンを「悪党」と罵り、自分を解放するように要求する。対話は平行線をたどるが、ラーギンはこの病院に着任して以来、初めてまともな話し相手ができたことに満足感を覚える。

その翌日も医者は六号室を訪ね、グロモフと哲学的な対話を行う。ラーギンはストア派的な禁欲主義を説き、苦しみを蔑視し、内面的に満ち足りた人間こそが賢者なのだと語るが、それに対してグロモフは次のように反論する。

「私が知っているのは、神が温かい血と神経から私をお創りになったということだけですよ！　有機的な組織は、もしそれが生命力を持つというのなら、あらゆる刺激に反応するはずでしょう。だから私は反応するのです！　痛みに対しては悲鳴と涙で、卑劣さに対しては憤りで、醜悪さに対しては嫌悪で応えるのです。思うに、それこそまさに人生と呼ばれるものじゃないですか。

（……）」

かつて父親から体罰を受けたグロモフに言わせれば、何不自由のない幸せな人生を送っているラーギンに悟りを語る資格はない。

「（……）要するにですね、あなたは生活を見たことがなく、生活をまったく知らず、ただ理論的に現実を知っているにすぎないのですよ。あなたが苦悩を蔑み、何事にも驚かないのは、非常に単純な理由のせいです。空の空、外と内、生や苦悩や死の蔑視、悟り、真の幸福――こうしたものはみんな、ロシアの怠け者にもっとも相応しい哲学ですよ。（……）では、この不思議な「真の幸福」とはいったい何なのか？　もちろん、答えなんかありゃしません。私たちはここで鉄格子の中に入れられ、閉じ込められ、責め苦にあっているわけですが、それは素晴らしくて、理にかなっていることだ。なぜって、この病室と温かくて快適な書斎との間には何の違いもないのだから。まったく便利な哲学だ。何もせずとも、良心は清く、賢人を気取ることができる……。いいや、先生、こんなものは哲学でも、思考でも、見識の広さでもなく、ただの怠惰だ、まやかしだ、寝言だ……。そうだとも！」

患者との会話に感銘を受けたラーギンは、それから毎日六号室を訪れるようになる。やがて病院によからぬ噂が広まり、ラーギンは辞職させられる。その後、友人の郵便局長とともにワルシャワ旅行に出かけ、賭け事で大損した友人にせがまれて五百ルーブルを貸してやるが、後に実は彼の財産がほとんど尽きかけていたことが判明する。ラーギンは経済的に貧窮し、かつての同僚によって六号室に入れられ、間もなく卒中の発作で死ぬ。

チェーホフは、作家の使命は問題を解決することではなく、問題を提示することだと考えた。彼は「短編の名手」と呼ばれ、ドストエフスキーやトルストイが書いたような長編は残さなかった。とはいえ、それは決してチェーホフの作品が深みを欠いているということではない。むしろ逆に、無駄を削ぎ落としたその簡潔な文体によって、意味づけを拒む世界の不条理さ、不気味さがいっそう際立つのだ。

後期の短編『往診中の出来事』（一八九八）もまた、世界の不条理さをチェーホフならではの手法で描いた佳作だ。都会育ちの医者コロリョフは、遠方から往診の依頼を受けてとある工場を訪ねる。患者は、工場の経営者リャリコワ夫人の一人娘で、リーザという二十歳の女性。母親の話によると、彼女は幼い頃から病気がちで、これまでも色々な医者に診てもらったが改善しなかった。

髪を乱したままベッドに寝ている不器量な娘の姿を見たコロリョフは、彼女が五棟もの巨大な工場の相続人だということに驚きを覚えながら診察に取り掛かるが、どこにも特段の異常は認められない。診察結果を伝えると、患者は突然わっと泣きだし、母親は娘をなだめながら自分も泣く。

モスクワで仕事や家族が待っているコロリョフはその日のうちに帰ろうとするが、娘を心配する夫人にどうしても泊まっていってほしいと引き留められ、しぶしぶ承諾する。無味乾燥な広間や客間を退屈そうに眺めていると、工場の方から何やら得体の知れない不気味な金属音が聞こえてきて、彼はこんな場所には絶対に住めないと考える。

その後、コロリョフは食欲旺盛な家庭教師フリスチーナ・ドミートリエヴナと二人きりで夕食をとる。なかなか眠る気にならない彼は散歩に出かけ、工場や労働者たちが眠っているバラックを眺めながら、この工場という存在そのものの不可解さに気づく。

『もちろん、そこには不可解なことがある……』彼は赤黒い窓を見ながら思った。『千五百人から二千人もの工場労働者たちが、不健全な環境で休みなく働き、粗悪な更紗を作り、空きっ腹で生活し、ごくたまにだけ居酒屋でこの悪夢から醒める。百人の人間が仕事を監視し、そしてこの百人の生活もすべて、罰金を取ったり、罵ったり、不当な仕打ちをしたりすることに費やされ、二、三人のいわゆる主人だけが、まったく働かず、粗悪な更紗を軽蔑しながら利益を享受している。だが、いったいどんな利益を、どうやって享受しているというのだろう？　リャリコワとその娘は不幸で、見るも哀れだし、満足して暮らしているのは、フリスチーナ・ドミートリエヴナ、あの鼻眼鏡を掛けた馬鹿っぽいオールドミスだけだ。ということはつまり、この五棟の工場がすべて稼働し、東部の市場で粗悪な更紗が売られているのは、ただフリスチーナ・ドミートリエヴナが蝶鮫を食べ、マデーラ酒を飲めるようにするためだけなのだ』

突然、夕食前にコロリョフが耳にしたのと同じ奇妙な音が響いた。工場のひとつの棟のそばで誰かが金属板を叩いており、叩いてすぐその音を抑えるので、短くて鋭い、濁った、「デル……デル……」というような音になった。それから三十秒ほど静かになったかと思うと、また別の棟の辺りで同じように断続的で不快な音が響いたが、今度はもうさらに低い「ドリン……ドリン……」という音だった。十一回。どうやら、守衛が十一時を知らせているらしい。

第三の棟の付近では「ジャク……ジャク……ジャク……」という音が聞こえる。そんな風にすべての棟の近くで、続いてバラックや門の辺りでも音がした。夜のしじまの中でこの音を発しているのは、赤黒い目をした怪物、ここで経営者と労働者をともに支配し、両者を騙している悪魔であるかのようだった。

（……）

『ここでいい気分なのは家庭教師だけで、工場は彼女を満足させるために稼働している。しかし、それはそう思えるだけで、彼女はここでは替え玉にすぎない。親玉は悪魔で、すべてはやつのために行われているのだ』

搾取する側もされる側もともに不幸にするメカニズムの不条理さに、コロリョフが思わず呆然となっていると、またぞろあの「デル……デル……デル……デル……」という不気味な金属音が聞こえてくる。

一向に寝つけない彼は、夜明け頃に患者の部屋を訪れ、同じく眠れないでいるリーザと打ち解けて語り合う。その告白によれば、彼女は病気ではなく、ただ不安で恐ろしいだけだ。友人もおらず、孤独で、暇を潰すためにひたすら読書に没頭している。毎日そんな生活を続けているせいで、ときにはいもしない悪魔が見えるような気さえするという。コロリョフはそんな彼女に同情を示しつつも、どう返事をすればいいかわからず、「あと五十年もすれば暮らしはよくなる」とどこか無責任に響く慰めの言葉をかけ、翌朝モスクワへ帰っていく。

チェーホフの作品には、あっと驚くような仕掛けも、はっとさせられるような思想もほとんど出てこない。しかし、一見静かで穏やかに見える水面の下では、どろどろとした崩壊のプロセスが止め処なく進行しているのだ。

村上春樹の小説を基にした濱口竜介監督の『ドライブ・マイ・カー』（二〇二一）がアカデミー賞で国際長編映画賞を受賞したことは記憶に新しいが、映画には『ワーニャ伯父さん』が劇中劇として取り入れられ、物語で重要な役割を演じていた。何もかもが資本主義という怪物的な機械に組み込まれ、心の病が誰にとっても常態《ノルマ》と化したこの異常な時代に、チェーホフの作品が求められるのには理由がある。

今でもテレビやインターネットで理不尽な事件のニュースを目にするたび、自然と私の耳元には、あの世界がひずむような、物言わぬ「工場」が立てる不気味な音がよみがえってくる。

デル……デル……デル……デル……。

第6章

「われら」と「彼ら」のはざまで

ザミャーチン『われら』

高校生の私はどうしようもなく人間の暗い部分に引かれながら、あるいはだからこそ、目も眩むほど明るい真理や信仰といったものに憧れていた。

そしてある日、聖書を読もうと思い立った。キリスト教徒でもないのに。

あの日のことは忘れもしない。放課後、友人につき合ってもらい、高校の近くのある書店で新共同訳のハンディバイブルを買った。ところがその帰り道、自転車に乗っていた私と友人はバイクのひったくりに遭い、買ったばかりの聖書が入った通学鞄をあやうく奪われそうになった。にわか信心のせいで罰が当たったのかもしれない。

それはともかく、敬虔な信者のように聖書を毎日一章ずつ読むことが私の日課となった。それがいつまで続いたか、はっきりとは覚えていない。天地創造、アダムとイヴ、楽園追放、カインとアベル、ノアの方舟、バベルの塔、ヨブの受難……近代科学の非目的論的な世界観をデフォルトで生きる自分にとって、聖書の物語はどれも刺激的だった。そこでは世界は原子の無意味な戯れなどではなく、神という絶対的な存在者がいて、人間がこの世に生まれたことにもれっきとした理由があるのだった。

聖書でキリスト教の世界に興味を覚えた私は、続いて岩波文庫から出ていたダンテの『神曲』を買った。文語体で書かれた高雅な文章は、読むのにひどく苦労したが、おかげで幽玄な雰囲気を存分に味わうことができた。とくに面白かったのは地獄篇で、地獄の描写にはわくわくした。それまでおぼろげにしか思い描くことのできなかった彼岸の世界が、にわかに構造化され、極めて具体的なイメージを与えられたのだ。私は学校の休み時間に教室の後ろの黒板にチョークで漏斗状の地獄を描き、地獄は九つの圏に分かれていて、下に行くほど罪が重くなり、最下層では三つの顔を持つルシフェルが三つの口でユダとブルータスとカシウスを永遠に噛み砕いている、などと友人に向かって得々と説明したものだ。

不真面目な私は授業中に机の下でこっそり『神曲』を読んでいたが、それを知ってか知らずか、卒業前に担任の先生がフランスの画家ギュスターヴ・ドレによる『神曲』の大型挿画本を私に譲ってくださった。文字だけで読んだときはあまり印象に残らなかった煉獄篇や天国篇についても、ドレの魅力的な挿画のおかげで理解が深まった。とりわけ印象的なのは、十層から成る天国界をダンテが昇天していく場面だ。最後の挿画では、神の光を中心に天使と雲が同心円状に幾層にも描かれ、（これは挿画本のアレンジなのだろうが）果てしなく輝きを増す光の中に万物が溶解していく。

面白いことに、昇天の過程では視力がメタファーとして用いられている。天の梯子を昇るにつれて光は強まり、あまりの眩さに普通の人間の目は潰れてしまうが、ダンテはまさに「視力」を高めることによって形而上の存在を認識できるようになる。当時すでに強度の近視で、眼鏡やコンタクトレンズなしには目の前のものすらぼんやりとしか見えなくなっていた私は、自分はきっと永久に真理から疎外される運命に違いない、などと自虐的に考えたりもした。

現実の混沌や無秩序からくる楽園や完全性への強い憧れは、ロシア文学全体に通底するモチーフだ。かつてゴーゴリはロシア版の『神曲』となるはずだった『死せる魂』でロシア人の魂の救済を企て、結局はこの上なく素晴らしい「地獄篇」しか書けなかった。その結末で語り手は、ロシアを「トロイカ」（三頭立ての馬車、あるいは馬そり）に見立て、「ロシアよ、お前はいったいどこへ飛んでいく？」と答えのない問いを発した。そして、その後も長らく精神の荒野を彷徨いつづけたロシアというトロイカは、しかし二十世紀に入って、ついに「革命」というひとつの出口にたどり着く。

二十世紀初頭のロシアを代表する詩人アレクサンドル・ブロークが叙事詩『十二』（一九一八）で革命を宗教的な出来事になぞらえたように、宗教を否定したはずの共産主義は、紛れもなくそれ自体が一個の「宗教」だった。亡命作家のアンドレイ・シニャフスキーは、唯一の科学的世界観と同一視されるに至った共産主義そのものの宗教性を指摘し、次のように述べている。「共産主義の科学性そのものが宗教的なのだ。マルクス主義によって発見された諸々の力や法則性（生産力、生産関係、階級闘争）は、必然的に作用する神の摂理あるいは宿命の役割を演じている。否でも応でも、マルクス主義が科学的に証明した歴史的必然性によって、人は楽園へと追い込まれるだろう」（『ソヴィエト文明の基礎』）

革命はあらゆる価値の転換であり、二十世紀初頭のロシア文化の担い手たちも、過去の徹底的な否定によって新たな「楽園」の創造に加わろうとした。「プーシキン、ドストエフスキー、トルストイ等々を現代の汽船から放り出せ」と言い放ったロシア版未来派の文集『社会の趣味への平手打ち』（一九一二）の宣言文には、そんな彼らのラディカルな姿勢が明確に打ち出されている。宣言文の署名者のひとりであるウラジーミル・マヤコフスキーは十月革命を「私の革命」と呼び、熱列に賛美した。

しかし、芸術の革命と政治の革命との間には徐々に軋轢が生じ、マヤコフスキーは一九三〇年に苦悩の中でピストル自殺を遂げた。その後、国内ではソヴィエト作家同盟が結成され、現実を「革命的発展において」描くことを要求する「社会主義リアリズム」が唯一公認の創作方法と定められるにおよび、アヴァンギャルドの実験性は全面的に否定されていく。

アヴァンギャルドはスターリン体制下で次第に統制を強めていった政治権力に押しつぶされたというのが定説だ。しかし、美術批評家のボリス・グロイスは、一見すると水と油のように見えるアヴァンギャルドと社会主義リアリズムとの間に類似性を見出し、後者は前者の否定ではないどころか、芸術を生へと拡張することがアヴァンギャルドの課題だったとすれば、社会主義の精神に基づいて現実の変革を目指す社会主義リアリズムは、その動機づけと目的においてアヴァンギャルドと一致していたと主張した（『全体芸術様式スターリン』）。芸術と政治を同じ土俵で論じることには批判もあり、両者の関係性は慎重に検討されるべきだが、アヴァンギャルドに限らず、ユートピアへの衝動が全体主義につながる危険性を孕んでいることは看過すべきではないだろう。

こうした二面性を鮮明に描き出したのが、今日ディストピア小説の先駆けとして知られる長編『われら』（一九二四）だ。作者のエヴゲーニー・ザミャーチンはレベジャニという田舎町に生まれ、上京してペテルブルグの大学で造船を学んだ。ディストピア小説の作者だから革命に反対していたと考えるのは早計で、在学中はむしろ革命運動に積極的に参加し、逮捕も経験している。妻も学生時代の革命運動の同志だった。

大学卒業後、ザミャーチンは造船技師として働くかたわら小説を書いた。彼に文学的名声をもたらしたのは、学生時代の革命運動への参加が罪に問われ、再び首都から追放されていた時期に書かれた『郡部の物語』（一九一三）で、これはとある田舎町の閉塞的な生活を諷刺的に描いた中編小説である。その後も文学と造船という「二人の妻」に仕えながら、文壇では様々な文学組織の要職に就くなどして影響力を高め、若手作家の育成にも尽力した。

だが、革命後の現実を諷刺するザミャーチンの作品に対する風当たりは次第に強まり、作家は共産党員やプロレタリア批評家から「反革命のブルジョア作家」というレッテルを貼られてしまう。さらに作家協会から半ば強制的に脱会させられ、作品発表の場も奪われる。窮地に陥ったザミャーチンはスターリンに宛てて、「作家である私にとって、書く可能性を奪われることは死刑宣告にほかなりません」と苦しい胸の内を吐露した手紙を書き、亡命の許可を得て妻とともにソ連を去った。

そして二度と祖国の地を踏むことなく、一九三七年に亡命先のパリで客死している。

今から約百年前に書かれた『われら』の舞台は、当時から千年先の未来だ。未曾有の「大二百年戦争」の後で人類の大半は死滅し、世界は鬱蒼と茂る密林に覆い尽くされている。生き残った人々は巨大な「緑の壁」を築いて外部の自然から隔絶され、「単一国」と呼ばれる唯一の国家で生活している。国民は「ナンバー」と呼ばれ、各自アルファベットと番号を組み合わせた名前を与えられる。「時間タブレット」が定めたスケジュールに従って規則的な生活を送り、食事から性生活に至るまで日常生活のほぼすべてを管理されている。「単一国」の建造物はすべて透き通るガラスでできており、他人の生活は常時丸見え、プライベートはほぼ存在しない。

こうした一見するとかなりSF的な設定は、実は当時の文化状況を色濃く反映している。革命後のロシアではプロレタリア階級による新たな文化を創出することの必要性が主張され、「プロレトクリト」と呼ばれる文化団体が設立された。この運動を主導したのは、火星のユートピアを描いた小説『赤い星』(一九〇八)の作者としても知られる革命家アレクサンドル・ボグダーノフで、彼は既存のブルジョア文化に代わって集団主義的な「われら」の文化の創造こそが必要だと訴えた。

実際、当時のプロレタリア詩人たちは人間の機械化の効用を真面目に信じ、生産効率向上のために労働者をアルファベットや数字で呼ぶことを提案していた。その実現に当たっては、たとえばアメリカの経営学者フレデリック・テイラーが考案した「テイラー・システム」と呼ばれる労務管理システムが注目された。実際、これにより二十世紀の労働生産性は飛躍的に向上し、いわゆる大量生産が可能になったのだが、『われら』の中でこのテイラーは哲学者のカントなど足元にも及ばない天才として崇められている。

『われら』の主人公Д《デー》－503は「単一国」の数学者で、宇宙船「インテグラル」の建造に携わっている。宇宙進出の目的は他の惑星に住む生物たちを「理性の恵み深い軛」につなぐためであり、ここにも革命を地上だけでなく宇宙にまで押し広げようとする当時の宇宙主義的な思想の反映が見て取れる。たとえば、ミハイル・ゲラシモフというプロレタリア詩人は、「われらは火星の運河の岸に／世界自由宮殿を建設する／そこではカール・マルクスの塔が／炎の間欠泉のように輝くだろう」などと、実際に宇宙への野望を熱く歌い上げた詩を遺している。

一方、『われら』の主人公の書きっぷりも負けてはいない。

われらは皆（あるいは諸君もそうかもしれない）子どもの頃に学校で、今日まで伝わる古代文学最大の金字塔『鉄道時刻表』を読んだものである。だがそれすらも「タブレット」の横に置いてやれば、黒鉛とダイヤモンドが並んでいるように見えるだろう。化学式はどちらも同じC（炭素）なのに、ダイヤモンドの永遠さ、透明さ、輝きときたらどうだ！　轟音とともに『時刻表』のページを疾走するとき、息苦しい思いをしない者はいない。ところが「時間タブレット」は、われら一人一人を、現実に、大叙事詩に登場する六輪戦車に乗った鋼の英雄に変身させてくれるのだ。毎朝六輪戦車の正確さで、数百万のわれらが一人の人間のように同時同分に起床する。同時刻に数百万人が一人のように仕事を始め、数百万人が一人のように終わらせる。そしてわれらは数百万の手を持つ単一の体と化し、「タブレット」が定める同一秒にスプーンを口に運び、同一秒にウォーキングに出かけ、講堂へ、テイラー・エクササイズのホールへ行き、眠りに就く……。

『われら』は単なる空想の未来世界ではなく、まさに当時の人々が実現に向けて邁進した集団主義的ユートピアのシミュレーションである。その一方で、シニャフスキーが共産主義について指摘したのと同じように、科学と合理性の徹底によって築かれた未来のユートピアは、むしろはるか過去の宗教国家に似通ったものとなる。

主人公の友人である詩人R－13は、彼に楽園に関する自作の詩を聞かせる。それによれば、かつて楽園にいたアダムとイヴに「自由なき幸福」と「幸福なき自由」という二つの選択肢が与えられた。彼らは自由を選び、結果として人類は幾世紀にもわたる世界苦《ヴェルトシュメルツ》を味わう羽目になった。一方、「単一国」の国民は幸福を選び、おかげで善悪の混乱はなくなり、すべてが単純明快となった。

この未来の宗教国家の長は「恩人」と呼ばれる人物であり、彼は毎年の全会一致の選挙によって選出される。選挙に実質的な意味はなく、それは「われらが数百万の細胞から成る単一の強大な有機体であることを、古代人の『福音書』の言葉を借りれば、われらが単一の「教会」であることを思い出させる」儀式なのだ。

「ソクラテスのように禿げた男」と形容される「恩人」は、外見は革命家レーニンを想起させ、精神的な意味では『カラマーゾフの兄弟』の大審問官の系譜に連なる。「恩人」の考えによれば、大多数の人間は自由の重みに耐えることができず、誰かから揺るぎない幸福を与えてもらうことを望んでいる。彼が取り組んでいるのはまさに人々を幸福という「鎖」につなぐ事業であり、その実現のためには暴力もやむを得ない。キリスト教の神にしても反抗する者は容赦なく火焙りにしたが、それでもこの神は長い歴史の中で「愛の神」として賛美されてきた。

こうして築かれた「楽園」に反抗するのが、悪魔メフィストフェレスをもじった「メフィ」を名乗る非合法地下組織だ。公にはされていないが、実は「緑の壁」の外にもわずかに生き残りがおり、裸で原始的な生活を送っていた。自然を崇拝する彼らは、怒りや悲しみといった人間の不合理な感情こそが生のエネルギーであると信じ、人々を合理性の檻に閉じ込める「単一国」の打倒を企てる。

そんな「メフィ」のメンバーの一人である女性I－330は、宇宙船「インテグラル」を奪取しようと、その建造技師であるД1に近づく。それまで「単一国」の「数学的に完全な生活」を信じて疑わなかった彼は、やがて自由奔放なIの虜となり、おのれの内にある愛や嫉妬といった不合理な感情に気づかされる。Iは英語で「私」を意味することから察せられるように、彼女は主人公の無意識の声を語る一種の分身でもある。

以下は、古代（つまり、作品が書かれた二十世紀前半）の生活が保存された博物館での二人の会話だ。

「考えてもみてください、当時の人々はここで「ただなんとなく愛し」、恋い焦がれ、煩悶した……（またもやまぶたのブラインドが下がる）。なんて無意味に、なんて無駄に人間のエネルギーが消費されたことか。そうじゃありません？」

それはまるで自分の心の声だった。彼女は私の考えを話していた。しかし、その微笑には絶えずあの苛立たしいXがあった。あのブラインドの向こう側で、彼女の中で何かが起こっている。何かはわからないが、それが私には我慢ならなかった。議論を吹っ掛け、（文字通り）怒鳴りつけてやりたかったが、同意せざるを得なかった。同意しないわけにはいかなかった。

私たちは鏡の前で足を止めた。その瞬間、私には彼女の目だけが見えていた。ふと、ある考えが浮かんだ。人間はこの馬鹿げた「アパート」と同じくらい野蛮な構造をしているのではないか。人間の頭は不透明で、目というちっぽけな窓が内側に開いているだけだ。彼女は私の考えを見抜いたかのように振り返った。「ほら、これが私の目よ。どう？」（もちろん口には出さなかったが）

私の前には二枚の不気味に暗い窓があり、その内側には未知の他者の生活がある。炎だけが見えた。彼女の内なる「暖炉」が燃えているのだ。そして誰かの姿があり、それはどうやら……。

いかに優れた科学技術も、人間をガラスのように透明にすることはできない。そして、この不透明な肉体の中ではたえず否定の衝動が渦巻いている（メフィストフェレスは「つねに否定する霊」だ）。やがて主人公は「魂」という不治の病に冒され、ほとんど国を裏切るところまでいくが、結果的に逮捕され、想像力を摘出する手術を受けさせられる。こうして彼は「楽園」へと復帰し、自由を貫いたＩは処刑される。

ソ連で『われら』は禁書となり、国内でようやく出版されたのはペレストロイカ時代、作者の死から実に半世紀後のことだった。ソ連に先駆けて西側でジョージ・オーウェルに高く評価され、彼はその影響下で『一九八四年』（一九四九）を書いた。オーウェルの作品がスターリン体制下のソ連を目の当たりにして書かれた純然たるディストピアであるのに対して、革命後の熱気の中で書かれた『われら』は、ユートピアとディストピア双方の要素を併せ持っている。アメリカの批評家フレドリック・ジェイムソンが指摘しているように、『われら』は「いまだにその内部ではユートピア的衝動がはたらいている真の反ユートピア」なのだ（『未来の考古学』、秦邦生訳）。

たしかに『われら』は後のスターリニズムの驚くべき予言となったが、ただ共産主義や全体主義への警鐘に尽きる物語ではない。本作でザミャーチンはむしろ、国家と個人、科学と自然、秩序と混沌、自由と不自由といった人間存在にまつわる普遍的な相克を描いており、それはソ連に限った問題ではない。お望みなら、私たちは今この瞬間も、ＳＮＳ上で「われら」と「彼ら」の終わりなき闘争を目にすることができるだろう。

手術で想像力を摘出される少し前、「われら」と「彼ら」の間で引き裂かれ、ついに進退窮まった主人公は、もはや旧世界の遺物となった「母」に助けを求める。

古代人のようにもしも私に母がいたら。私の――そう、まさに私の母が。そして母にとって私が、「**インテグラル**」の「建造技師」でも、ナンバーД-503でも、「単一国」の一分子でもなく、単なる人間のかけら、母自身のかけら、踏みにじられ、押しつぶされ、投げ捨てられたかけらだったら……。そして釘づけにするのが私でも、釘づけにされるのが私でも――どちらも同じことかもしれないが――誰にも聞こえない叫びを母が聞いてくれたら、母の唇が、老婆のような、皺が生い茂った唇が……。

しかし、彼の悲痛な魂の叫びは誰にも届かない。『われら』で唯一「母」と呼べる存在がいるとすれば、それは主人公の性的パートナーである女性O-90だろう。丸々とした体型のOは「単一国」が定める「母性基準」に適合しないため、子を持つことが許されない。しかし彼女はДを真剣に愛しており、彼との間に子を孕む。ДはIの助けを借りてOを「緑の壁」の外へ逃がそうとするが、はたしてその試みが成功したかどうかは語られずに終わる。

「違法な母親」となったOは作中で「われら」にも「彼ら」にも明確には属さない唯一の人間であり、それは彼女の名前にも表れている。小説には、体制派の人間はキリル文字で、反体制派の人間はラテン文字で表記されるというちょっとした仕掛けが隠されているのだが、Oにだけはキリル文字とラテン文字の区別がない。

矛盾や誤りを受け入れ、「われら」も「彼ら」も分け隔てなく愛情を注いでくれる母のような世界――それは、革命の理念に共感しつつも、革命後の現実の中で自分の居場所を失ったザミャーチンにとっての、真の「ユートピア」だったのかもしれない。

第7章

不可能性の怪物

マムレーエフ『穴持たずども』

神がなければすべてが許されるとして、その先にはいったい何があるのか？

精神の井戸を深く掘り下げながら、私はいつしかサドの小説にたどり着いた。そこではキリスト教の美徳はことごとく踏みにじられ、人間の際限なきエゴイズムに基づく悪徳のみが栄える。四人の極悪人による狂宴を描いた『ソドム百二十日』（一七八五）は未完で、比較的手に取りやすい澁澤龍彦訳は序章だけで終わっているが、個人的にサドの凄みを感じるのは、ありとあらゆる拷問のバリエーションを延々と書き連ねた後半部だ。前半部はそれこそ嗜虐的《サディスティック》な快感を掻き立てるような描写もあるが、後半部はもはやいかなる快感も読者に（少なくとも私には）喚起しない。そこに列挙されているのは、いわば人体のパーツを用いたすべてが死という結果に終わる果てしない順列組み合わせである。フロイトは快感原則の彼岸に死の欲動を見出したが、サドの異様なテクストを読みながら、私は真理の探究もまた究極的には死という結果を孕んでいるのではないかと、ひとり暗然とした気分に沈んだ。

実際、二十歳前後のあの時期ほど死についてよく考えたことはなかった。街灯の疎らな暗い札幌の夜道を歩きながら、どうして自分の足が猛スピードで車の行き交う道路にうっかりはみ出すことなく、きちんと歩道の上を歩きつづけられているのか、不思議でならなかった。故郷から遠く離れた土地で、友人もろくに作らず、授業や睡眠時間以外は図書館や自宅アパートでひたすら本のページをめくりつづける日々。休日など、朝から晩まで一言も言葉を発しないこともざらだった。あまりに話さないので、そのうち、言葉を発することが難しくなった。話し方を忘れてしまったのだ。

とはいえ、それは自分で望んだことだった。家族や友人から離れ、完全な孤独のうちに自らを置くこと。お望み通り、私はついに私だけと取り残されたわけだ。そして私は、『嘔吐』(一九三八)のロカンタンよろしく、私という不可解な存在に名状しがたい吐き気を覚えた。

この人生でいちばん暗かった時期に、私の心の支えとなった作家がいる。埴谷雄高だ。「自同律の不快」——すなわち、「私は私である」という表白への不快感に終生こだわりつづけたこの異形の作家にどうやってたどり着いたのか、記憶は定かでない。ただ、行きつけの古本屋に黒い背表紙の本がまとめて並べられている棚があり、いつもその黒い一角だけが周囲の本から不気味にくっきりと浮かび上がっていたのを覚えている。それは埴谷の著作集だった。

私は代表作である『死霊』(一九四六-九五)を、頻出する難読漢字(なぜかほとんどルビは振られていない)に悪戦苦闘しながら少しずつ読み進めた。「形而上小説」と呼ばれるだけあって、物語も登場人物もすべてがあまりに抽象的で、全体が何やら幽霊じみているが、自己の存在のみを梃子にして、白紙の上にかくも壮大な言葉の空中楼閣を築きあげた埴谷の想像力に私は圧倒され、孤独がただの絶望ではないことに深い慰めを覚えた。

サド、ドストエフスキー、埴谷。虚無的な現実と徹底的に向き合い、その限界を不可能なものへ向けて突破しようとする志向において、この三者は共通している。埴谷自身、いわゆる「サド裁判」で証人として出廷した際の答弁をまとめた文章で、ドストエフスキーとサドを「不可能性の作家」と呼んでいる。「不可能性の文学」においては、「つねにあらゆる極限のかたち、いわばひたすら不可能と見えるものを敢えて奔放適切に扱う義務があり、より正確にいえば、義務があるというより、その論理的必然の赴くところ、不可能の壁の向う側へついに到達せざるを得ないといわねばならない」(「サドについて」)もちろん、埴谷は自分もまた同じカテゴリーに属すると考えていただろう。

もしもそんな「不可能性の作家」が、同時代に、それも、ドストエフスキーを生んだロシアにもう一人いると知ったら、埴谷はどう思っただろう? 個人的に興味深い問いではあるが、残念ながら当時は知る由もなかった。反体制作家として世界的に有名になったアレクサンドル・ソルジェニーツィンなどとは違って、その作家は社会主義文化に覆い尽くされたモスクワのアングラ界の、もっとも暗い片隅でひっそりと活動していたのだから……。

スターリン体制下のソ連では体制に従わない者は文字通り抹殺され、いわゆる大テロル(粛清)の犠牲者は数百万人に上ると言われる。皆に等しくを幸福をもたらすはずだったユートピアは、人々をイデオロギーという鉄の箍で締めつける巨大な収容所《ラーゲリ》と化した。テロルの犠牲者には作家も数多く含まれ、多くが命を失い、または沈黙を強いられた。

不条理文学の先駆者と見なされるダニイル・ハルムスもその一人だ。彼は「リアルな芸術の結社」を意味する「オベリウ」というグループに所属し、ナンセンスな短編小説を数多く遺した。たとえば、『落ちて行く老婆たち』(一九三六‐三七)はこんな話だ。

一人の老婆が過度な好奇心にかられて窓から身を乗り出し、落っこちて、死んだ。窓から別の老婆が顔を出し、転落死した老婆を見下ろしていたが、過度な好奇心にかられてやはり窓から身を乗り出し、落っこちて、死んだ。
その後、三人目の老婆が窓から転落し、それから四人目、五人目の老婆が転落した。
六人目の老婆が転落したとき、私はその様子を見ていることに飽き飽きして、とある盲人に手編みのショールが贈られたというマリツェフスキー市場に出かけた。

抄訳ではない、これで全部である。ハルムスの作品には、ロシア文学が持つ不条理性がもっとも純粋な形で現れているような気がする。テロルの嵐が吹き荒れる当時の現実にあって、ブラックユーモアとも取れるこのような作品を発表することは許されなかったが、それでも、書くこと自体が作家にとって大きな慰めだったに違いない。困窮したハルムスは自身の小説のように不条理な形である日突然逮捕され、その数カ月後に刑務所内の病院で死亡した。

ただ表現したいことを表現したいように表現する。ソ連は、今日の私たちからすれば当然の権利だと思えることが許されない国だった。本来は多様で複雑なはずの現実を社会主義というイデオロギーの枠に無理やり押し込めた結果、芸術はおのずと奇形化し、ついには『ベルリン陥落』（一九四九）のようにスターリンを公然と神格化するような映画も作られた。その一方で、アンドレイ・プラトーノフの『チェヴェングール』（一九二八－二九）やブルガーコフの『巨匠とマルガリータ』といった、時代の制約の中でこそ生まれた傑作があったことも忘れてはならない。

文化を取り巻く状況が大きく変化するきっかけとなったのは、一九五三年のスターリンの死だ。あとを継いで第一書記となったフルシチョフは、行きすぎた個人崇拝への反省からスターリン批判を行い、一時的に文化統制を緩和する政策をとった。ソ連の収容所の実態を暴いて世界的ベストセラーとなったソルジェニーツィンの『イワン・デニーソヴィチの一日』（一九六二）はフルシチョフ直々の許可を得て出版されたが、以前なら到底考えられないことだった。自由な気運は長続きしなかったものの、まさにこの「雪どけ」の時代に、公式文化から分離したアンダーグラウンド文化が独自の発展を遂げはじめたのである。

その発端にいたのが、もう一人の「不可能性の作家」、すなわちユーリー・マムレーエフだ。モスクワ生まれで、若い頃から精神的な事柄にひときわ強い関心を持ち、夜学で教師をするかたわら、レーニン図書館に足繁く通った。このロシア最大の図書館で彼は、以前はイデオロギー的な理由から禁じられていた哲学書や宗教書に読み耽り、図書館の喫煙室で同じような関心を持つ人々と密かに知り合った。こうして、マムレーエフの周辺で、ソ連社会のはみ出し者たちが集う非公式のサークルが形成されていく。

毎週木曜、都心のユジンスキー横町の共同アパートにあったマムレーエフの自宅に人々が集い、自作の詩や小説を朗読した。そこには、『酔どれ列車、モスクワ発ペトゥシキ行』（一九七三）で知られるヴェネディクト・エロフェーエフなど、後に有名になった人物も数多く参加していた。朗読会の神秘主義的な雰囲気について、マムレーエフは次のように回想している。「それは幾分、古代ギリシアを彷彿とさせるものだった。交流は基本的に口頭で行われ、アパートでの朗読会から成り立っていたが、この朗読会は一種の宗教的な秘儀へと変わっていった。そこには少しドストエフスキー的なものがあった。それは奇妙な魂の発現にも似て、文学と人生の境目がどこにあるか理解することすら困難だった」（「存在の運命――哲学への道」）

一九七四年に妻とともに西側に亡命するまで、マムレーエフは短編を中心に数多くの作品を書いた。しかし、社会主義リアリズムの規範を完全に逸脱する異様な作品群が公になることは一度もなく、それらは地下出版《サミズダート》や朗読を録音したカセットテープなどの形で非公式に流通した。

長編『穴持たずども』（一九六六－六八）は、そんなマムレーエフのアングラ作家時代の不動の代表作である。主人公のフョードル・ソンノフは四十歳くらいの職業不詳の男で、本能の赴くままに無意味な殺人を繰り返している。物語の冒頭で彼は、モスクワ郊外の森の中でたまたま遭遇した若者をいきりなりナイフで刺し殺すという凶行に及ぶが、その後、死体に向かって自分が殺人に魅せられていった経緯を語る。

「……道中、一人の少女に出くわした……腹立ち紛れに絞め殺してみて考える。この方がずっと愉快だ、人間が虚空に消えていく様をこの目で見る方がずっと愉快だ……奇跡的に運がよく、殺人は露見しなかった。その後はより慎重になった……救助隊員は辞め、もっとわかりやすく殺したくなった。そしてどんどん引き込まれていった。まるで殺人を犯すたびに謎解きでもするみたいに引き込まれた。誰を殺してる、誰を？……何が見える、何が見えない?!……ひょっとして俺が殺しているのはお伽噺で、本質はするりと逃げ去っているのか??!　そうして俺は世界をさまよいはじめた。結局、自分が何をしているのやら、誰に触れているのやら、誰と話しているのやらはわからずじまいだ……すっかり馬鹿になっちまった……グリゴーリー、グリゴーリー……おーい?……これはお前なのか??」彼は安堵して心穏やかになった様子で急にうな垂れ、虚空に向かってつぶやいた。

ソンノフはフィクションに登場するありふれた快楽殺人犯とは根本的に異なっている。彼は肉体を一種の「殻」のようなものと考え、殺人によって解放された魂を捕まえることを闇雲に欲している。表題の「穴持たず」（ロシア語では「シャトゥーン」）とは、冬眠に失敗した結果、腹を空かせた状態でうろつき回る極めて危険な熊のことだ。日本の穴持たず被害としては、死者七名を出した大正四年の「三毛別羆事件」がよく知られているが、フョードルは熊と違って身体的な空腹からではなく、精神的な飢餓感から人間を襲うのである。

そして、「怪物」はフョードルただ一人ではない。フョードルの妹で、家禽の頭で自慰に耽る趣味を持つクラーワ、子どもを憎悪するあまり胎児を自らのペニスで突き殺す隣人パーシャ、小動物の解体を趣味にしている「道化たち」、性欲への嫌悪から自らの意志でペニスを切り落としたミヘイなど、ほぼすべての登場人物が常軌を逸した性癖の持ち主だ。ある批評家が指摘しているように、日常の中で怪物という存在が例外的なカフカの小説とは異なり、マムレーエフの小説ではソヴィエト的日常そのものが怪物的なのであって、そこで怪物は何ら例外的な存在ではない。

逆に、私たちから見て理性的で常識的な人間は、この怪物的な日常に容易く呑み込まれて発狂する。その代表的な例がアンドレイ・ニキーチチで、キリスト教の教えに従って敬虔な生活を送ってきたこの老人は、人々にキリスト者としての生き方を説き、周囲から「人生の教師」と慕われていた。ところが、病により自らの死に直面したことで、その信仰は危機に陥る。死後自分という存在がどうなるのか、彼は死の床でありとあらゆる可能性に思いをめぐらせるが、答えは得られない。

その翌朝、発狂した老人はなんと鶏に変わってしまう。

翌朝、眠りから覚めると、まったく途方もない摩訶不思議なことが起きた。下着姿で寝床から飛び降りたアンドレイ・ニキーチチが、自分は死んで鶏になったと表明したのだ。老人は彼の病気からすると異例の活発さで庭を飛び跳ね、両腕を振り回しながらヒステリックに叫んだ。「ワシハニワトリ、ニワトリ……コッコッコー……ワシハニワトリ、ニワトリ！」

多くの者が呆気に取られたとはいえ、最初は誰もそれを真面目に受け取らなかった。その頃までに到着していた医者は、老人の脈を取って聴診を行い、次のように述べた。峠を越えて危機は去り、アンドレイ・ニキーチチの容体は快方に向かっているが、これには医者である自分もたいへん驚かされた……。老人は頑固に押し黙っていた。

庭での朝食中、皆がショックを受けた。アンドレイ・ニキーチチが椅子から飛び降りたかと思うと、両腕を翼のように振り回し、「コッコッコー」と叫びながら、数羽の鶏がついばんでいた穀粒に飛びついたのだ。鶏たちを追い払うと、彼は四つん這いになり、穀粒をついばむような仕草を始めた。すぐさまアレクセイが駆け寄った。老人が顔を上げると、息子はあっと叫んだ。それはもはやアンドレイ・ニキーチチではなかった。

以前の善良さやその他のキリスト教的属性は跡形もなかった。アリョーシャには、まったく別の、新たな生物に見えた。顔は尖り、死人のように蒼ざめた色合いを帯び、小さな目は意地悪で疑り深い眼差しを向けていた。

あるいは、ソンノフ家の隣人であるフォミチェフ家のペーチャ（ペーチェニカ）という十七歳の極度に自閉的な青年は、自分の体にできた苔癬や吹き出物などをこそぎ取っては、それをスープに入れて食べるという自食癖の持ち主で、怖いもの知らずのソンノフが唯一嫉妬する人物である。

世界がまるで果てしなく侮辱的で下劣なものであるかのように、ペーチェニカはそれに疑いの目を向け、世界から何か本質的なものを受け取るくらいなら、いっそのこと自分をずたずたに引き裂く覚悟だった。世界から何かを受け取ることは彼にとって宗教的な、あるいはむしろ実存的な自殺に等しかった。優しい春風が吹いたときでさえ、それに気がつくとペーチェニカは警戒した。

揺りかごに揺られるように自己の内に存在しながら、普段は何ひとつ目に留めないように努めた。食べ物すらも、彼はもっぱら闇に由来する固くて食べられない物のように受け取った。だからこそ、自分自身を食べたのだ。最初それは彼にとってたんなる必要性だったが、近頃はそこに病的な、悪臭を放つ確かな快楽を見いだすようになっていた。まさにそのとき、彼は削り取ることから、より直接的な自食へと移行したのだった。自分が見たところでは、それはより大きなリアリティを与えてくれた。まるで自らの底なしの揺りかごの中に深く沈んでいくかのように。

この移行の結果、風——それをペーチェニカはほかのものと区別しなかった——がひゅうひゅう唸るある夜、自分に噛みつきたいというとりわけ猛烈な願望が生じた。彼は体を折り曲げ、脚にしがみつき、そしてかじった。温かい血が生気を失った唇の間から長いこと流れ、自分がもはや完全に閉じ、自分を取り巻くいつもの闇すら消え失せたように思えた。「深く、深く」――彼は自分の唇と流れる血に向かってささやいた。

その後、自食によって衰弱したペーチャは自らの体を舐めながら死を迎える。この自死の深い意味を理解したソンノフは、「これは他人を殺すのとはわけが違う……ペーチャは自分で自分を産んだんだ」と独りごちる。

こうした個性豊かな怪物たちに対し、物語で知的な側面を代表するのが、哲学青年アナトーリー・パドフをはじめとする「形而上派」の面々だ。実際のマムレーエフのサークルの参加者を思わせるこのアングラ知識人たちの興味はもっぱら死後の存在に向けられており、作中では「我教」と呼ばれる独我論的色彩を帯びた新宗教が話題となる。

この我教においては、自分自身の我のみが唯一絶対の現実だとされる。信仰の対象はもっぱら自分自身の我だが、インド哲学の梵我一如と同じように、ここで言う我は、私的なものであると同時に、絶対的かつ超越的なものでもある。信者たちはおのれの我に対する無限の愛によって彼岸の現実の認識に努める。

存在のいずれの段階においても、自分自身の我は唯一の現実であり、最高の価値でありつづける（よって、我から切り離された現実としての神の概念はこの宗教では意味を失う）。他方、（至高我と単一の糸で結ばれた）自己存在の諸形態は、それに対する愛が至高我に対する愛と矛盾しない限りにおいて、すべて価値を持つ。

このように、この教義はいくつかの点で独我論に近かったが、普通とは異なるかなり特殊な独我論だった。自己に対する神秘的で無限の愛が絶大な意味を持つのだ。超人的ナルシシズムが主要原理の一つだった（そしてそれは、中世の神秘主義で言われるような、自分自身に対する神の限りなく深い愛の類似物のようだった）。

魂を求めてただ獣のように人を殺めていたフョードルは、死後の世界を知的に把握しようと努めるパドフたちと出会い、対話を行う中で、彼らに対して愛憎入り交じる複雑な感情を抱くようになる。そして、最終的には彼らの存在を消し去ることで自らの目的が達せられるのだと結論づけるに至るが、土壇場での一瞬の躊躇が仇となり、ソンノフは逮捕され、死刑となる。だが、彼にとって自分の死など些細な問題にすぎず、この精神的な「穴持たず」は、死後の世界に対する幾分の興味すら抱きながら刑場へと赴く。

唯一現実的なものである自己から出発し、存在の彼岸にある形而上的現実を把握しようと努めるマムレーエフと、「自同律の不快」を起点として実体と対立する「虚体」の思考へと向かった埴谷は、それぞれの作品が与える印象はまったく異なるにもかかわらず、その志向において相通ずるものがある。埴谷には『闇のなかの黒い馬』（一九七〇）という谷崎潤一郎賞を受賞した優れた短編があるが、埴谷もマムレーエフも存在という極めて抽象的な対象を扱いながら、彼らの作品が同時にどこか性的で、ときにエロティックですらあるのはなぜだろう。

ソ連を後にしたマムレーエフはアメリカやフランスで亡命生活を送るが、西側の物質主義的な生活には馴染めなかったようだ。これはソルジェニーツィンの場合も同じだが、ソ連崩壊後にロシアに帰国すると熱烈な愛国者としての一面を見せるようになり、『永遠のロシア』(二〇〇二)と題する百田尚樹も顔負けの一大哲学書を書き上げた。そこでは、唯一絶対の実在である個人の自我はロシアの民族的自我へと拡張され、ロシアはインド哲学の「絶対者」と、存在の彼方にある「深淵」の仲介者としての「第三の形而上的始原」に位置づけられる。

こうして、ソ連のもっとも異端なアングラ作家からロシアの形而上的愛国作家へと転身したマムレーエフは、晩年にはプーチンから直々に誕生日を祝うメッセージを送られたほどだ。私はかつてマムレーエフのこうした愛国的な思想について論文を書いたことがあるが、執筆の最中も、ひょっとすると、「永遠のロシア」などというあり得ないほど壮大な構想自体が彼の創作物の一部なのではないか、という思いがたえず頭を去らなかった。

二〇一五年、マムレーエフは八十三歳でこの世を去った。現実の彼方を幻視することに取り憑かれた「不可能性の作家」は、はたしていまわの際に何を見たのだろう？　もちろん、答えはない。そして遺されたテクストには、死をあざ笑う怪物たちの哄笑がいつまでも響き渡っている。

第8章

空虚への解脱

ソローキン『マリーナの三十番目の恋』

二十代前半の一時期、私はただじっと息をして坐ることに集中していた。

北海道大学構内の南門付近に、「クラーク会館」という建物がある。中には食堂が入っており、また隣には生協もあったのでその前をよく通るのだが、毎週水曜の夕方になると、「絶学会」と書かれた怪しげな黄色の立て看板が出ていた。どうやら坐禅のサークルらしい。ジョン・ケージの音楽やヴィトゲンシュタインの哲学を通じて禅に興味を抱いていた私は、ある日の放課後、思い切ってサークルを訪ねてみることにした。

会館の二階に上がり、薄暗い廊下をしばらく歩いた先にある茶室の扉を静かにノックすると、驚いたことに、扉を開けて出てきたのは、自分の父親くらいの年齢の男性だった。聞くと、学生の会員は一人もいないらしく、私は快く迎え入れられた。

それから毎週、水曜の夕方六時から、線香の煙がうっすらと立ち上る茶室で、一時間ほど坐禅を組むのが新たなルーティンとなった。半分に折り曲げた座布団を尻に敷いて足と手を組み、半眼の状態でひたすら数を数えることに集中する（これを「数息観」と言う）。最初は足が痛くて数を数えるどころではなかったが、回数を重ねるごとにだんだんと慣れてきた。そして、雑念を払ってただひたすら坐るというこの奇妙な行為に面白さを感じはじめた。

その後、自分のほかにも入会希望の学生がぼつぼつ現れ、多いときは六人くらいになった。私は実に中学以来となる部長を務め、大学院に進学した後も坐禅を続けた。そしてついに本格的に入門までしたのだが、結局、公案を突破できずに投げ出してしまった。それは人生で初めての挫折らしい挫折となった。

だから偉そうなことは言えないが、坐禅が当時の自分の衰弱した精神の安定に役立ったことは確かだ。抽象的な観念の海で溺れかけていた私に必要だったのは、おそらく何か具体的な行為だった。しかし、認識と行為との間には越えがたい無限の深淵がぽっかり口を開けているように思えて、私は一歩も動けずにいた。

坐禅は、そんな自分が唯一実行できた行為だった。いわば、何もしないことをすることによって、私は私の行為の不在を埋めたのだ。禅の世界には神のような絶対者はいない。一切皆空。世界を肯定するとか、否定するとか、そんな大それた考えはひとまず頭から追い出し、私はただ目の前の虚空をじっと見つめることに集中した。

そんな頃、大学の図書館で『愛』（一九九二）という簡素な表題がついた短編集を見つけた。私は学部の三年生で、作者であるソローキンのことはまったく知らなかった。なぜ読もうと思ったのか、はっきりとは覚えていないが、当時の自分の関心がリアリズムからヌーヴォー・ロマンやポストモダンのような実験的な文学に移っており、この本が海外文学の中でもとくに一風変わった小説を集めた、国書刊行会の「文学の冒険シリーズ」の一冊だったからかもしれない。

私は軽い気持ちで冒頭に収められた表題作を読みはじめた。「違うんだ、友人諸君、もう一度言うが、違う」――語り手は若者たちに向かって真実の愛とは何かを説きはじめる。ところが、しばらく進むと文章の途中でいきなりテクストが数十行にわたって脱落しており、その後には冒頭からは想像すらできないほど暴力的で荒唐無稽な結末が語られる。

（……）やつは棚に駆け寄り、雑巾にくるんだあの耳をてんっぺんから取り出すと、開いて唇の方へ持っていき、涙ながらに言うんだ。すまない、許してくれ、どうか俺を責めないでくれって。それから精液入りの瓶をつかんだかと思うと、そいつを私の脳天にがつんと叩きつけた。瓶が割れ、精液が私の顔をだらだら流れだした。やつは耳をふところにしまい、スツールで窓を叩き割ると、八階からツバメよろしく真っ逆さまに転落した。体はこなごな。私は脳震盪で一カ月入院し、職場をやめた。というわけなんだが、諸君、それでも君たちは、ベアトリーチェ、ベアトリーチェ、などと言っているわけだ。

愛について語られるはずなのに、肝心の愛に関する描写はどこにもない。分量にしてわずか六ページの掌編だが、私は語り手と同じように頭をがつんと殴られたような衝撃を受けた。実際、こんな文学作品を読んだのは生まれて初めてだった。いや待てよ、そもそもこれは本当に文学なのだろうか？　そんな疑問すら浮かんだほどだ。同シリーズから刊行されていた同じ作者の長編『ロマン』からも『愛』に勝るとも劣らない衝撃を受け、これらの作品は私の文学観をすっかり塗り替えてしまった。それはある意味、極めて禅的な体験だった。

ソローキンがモスクワ郊外のブイコヴォという町に生まれたのは、一九五五年、スターリンの死の二年後のことだ。彼が本格的に創作活動を始めた七〇年代後半のソ連は「停滞の時代」と呼ばれる。フルシチョフの失脚を受けてトップの座に就いたブレジネフは、六四年から死去する八二年まで、実に十八年もの長きにわたって最高指導者の地位に君臨しつづけた。

ブレジネフ時代のソ連では保守化が進み、社会が安定した代わりに、政界には腐敗が蔓延した。「発達した社会主義」というもっともらしいスローガンが掲げられたが、理想の実現などもはや夢物語でしかなかった。言論統制が強まり、「異論派《ディシデント》」と呼ばれる反体制派の知識人は厳しく弾圧された。作家が国外で「反ソ的」な作品を発表したとして刑事罰に問われ（「ダニエル＝シニャフスキー裁判」）、ソルジェニーツィンをはじめとする多くの知識人が西側へ亡命した。

ソ連唯一の公式美学である社会主義リアリズムは、「リアリズム」と称しながら、現実をありのままにではなく、あくまで「革命的発展において」描くことを芸術家に要求する、非常に屈折したものだった。仮に現実が理想通り「革命的発展」を遂げていれば問題はなかったのかもしれないが、所詮は机上の空論である。時が経てば経つほど理想と現実の乖離は増大し、「停滞の時代」にはもはや社会主義リアリズムは現実を描く機能を失っていた。結果として、形骸化したイデオロギーによってもたらされた空虚な現実の解釈こそが、社会の地下深くに潜った芸術家たちの主題のひとつとなった。

当時のモスクワには非公式芸術サークルが数多く存在したが、その中でもとくに有名なのが、「モスクワ・コンセプチュアリズム」だ。このサークルに属する芸術家たちは、反体制派とは違って政治から距離を置き、表向きは絵本の挿画などの仕事に従事しながら、裏では公式美学からまったく懸け離れた独自の芸術表現を追求していた。

彼らは自分たちの用語を集めた『モスクワ・コンセプチュアル派用語事典』（一九九九）というユニークな事典を編纂している。そこには「シューニャター」（梵語で「空」を意味する）など、空虚に関連する項目が複数収録されており、たとえば「空なるもの」は、「絶対的な「無」でもあり、絶対的な「充実」でもある」と定義されている。

空だから「無」なのはいいとして、同時に「充実」でもあるとはどういうことなのか？ この禅問答のような文章を書いたのは、モスクワ・コンセプチュアリズムの創始者にして、「トータル・インスタレーション（総合空間芸術）」で世界的に知られるようになった芸術家のイリヤ・カバコフだ。彼のソ連時代のあるエッセイによれば、自分たちは空虚に取り囲まれながら生活している。空虚は自然と対立するもうひとつの実体であり、存在を非存在に変え、構造を破壊し、すべてを塵に還す恐ろしい力である。空虚の中で暮らす人々の精神状態は、どんな危険が飛び出してくるかわからないジャングルで暮らす原住民のそれにも比せられるが、存在の一部であるジャングルとは違って、空虚それ自体は認識することも名指すこともできない（「空虚について」）。

モスクワ・コンセプチュアリズムの中で形成された空虚の美学は、彼らの活動に参加していた若きソローキンにも大きな影響を与えた。そして彼は、テクストは「紙の上の文字にすぎない」と断じ、コンセプチュアリズムの手法を大胆に文学に応用しながら、先に述べた『愛』に収められた諸短編や『ロマン』といった、いわば非文学的な文学作品を数多く生み出したのだった。

そんなソローキンの初期の作品に、同時代のソ連社会を比較的リアルに描いた『マリーナの三十番目の恋』（一九九五）という長編がある。書かれたのは一九八二年から八四年にかけてで、死去したブレジネフに代わって元ＫＧＢトップのアンドロポフが書記長に就任した時期に当たる。それはまだペレストロイカという大改革の前夜であり、あと十年も経たないうちにソ連が崩壊するなどとは夢にも考えられなかった。

スターリンが死んだ年に生まれたマリーナは三十歳で、レズビアンだ。現在のロシアでは、いわゆる「同性愛宣伝禁止法」が制定されるなど、性的マイノリティに対する風当たりは強く、国民の間には同性愛嫌悪《ホモフォビア》も根強い。一九八〇年代のソ連でも同性愛はやはり処罰の対象だったが、法律によって厳格に取り締まられていたのは男色の方で、女性同士の同性愛は見逃されることもあった。作中ではマリーナと実に二十九人に上るガールフレンドとの艶めかしいロマンスが描かれ、「セックスは存在しない」と揶揄された ソ連社会に秘められた性の多様性を垣間見ることができる。

さらに、マリーナは反体制派ともつながりを持っている。彼女は幼い頃からソヴィエト政権を憎み、ソンツェ（ロシア語で「太陽」の意味）という人物によって非公式文化の世界へと引き込まれる。作中では名前が言及されるのみだが、このソンツェは実在の人物で、ソ連におけるヒッピー文化の父とされるユーリー・ブラコフのことだ。「ソ連にヒッピー？」と驚かれるかもしれないが、彼は社会主義社会でアメリカのビートニクばりに自由な生活を実践し、そのライフスタイルをソ連各地へと広めていった。

そのほか、当時のサブカルチャーの中心地だったレニングラードの過激なロック、西側映画の秘密上映会、二十世紀初頭の作家レオニード・アンドレーエフの息子が獄中で執筆し、地下出版の形で流通していた幻の宗教哲学書『世界のバラ』（一九五八）など、当時の非公式文化に関する描写はどれも興味深いものばかりだ。ピオネールキャンプやスーパーマーケットから、反体制派の生活やアングラ文化、そして秘められたレズビアンの世界に至るまで、あたかも作者は外国の読者を想定しているかのように、後期ソ連社会の日常を事細かに描写していく。

こうした要素だけでも充分に刺激的だが、もちろん読みどころはこれに尽きない。工場付属の文化会館で音楽教師をするかたわら、エリート音楽家や党の幹部などとも関係を持っているマリーナは、自らの美貌を武器にソ連社会の表と裏を自在に往き来し、一見何不自由のない生活を送っているように見える。だが、幼少期に実父からレイプされた経験を持つ彼女には、家父長的な観念が亡霊のように取り憑いている。彼女はレズビアンでありながら、秘かに「父」を、理想的な男性を求めているのだ。

マリーナの理想の男性とはいったい誰か。それは、作中で常に大文字で「彼」とだけ書かれる人物――すなわち、ソルジェニーツィンである。晩年の民族主義者のイメージからは想像しづらいが、当時の彼はまさに反体制派の英雄だった。文字通り国家とペン一本で渡り合った実にスケールの大きな作家で、収容所での経験に基づいて書かれた『イワン・デニーソヴィチの一日』でセンセーショナルなデビューを果たすと、一九七〇年にはノーベル文学賞を受賞、亡命後も西側から活発にソ連批判を行った。とりわけ、ソ連各地に存在する収容所を群島になぞらえ、その残酷な実態を圧巻のボリュームで記録したルポルタージュ『収容所群島』（一九七三－七五）は、今なおソ連の暗黒面を知るための必読書となっている。

そんなソルジェニーツィンの肖像画をマリーナは自宅の壁に秘かに飾り、これまでどの男性とも味わったことのないオーガズムを、彼とならば味わうことができるに違いないと夢想する。

マリーナは**彼**とならすべてが適切に起きるはずだと確信していた。それは起きるはずなのだが、残念ながら、なぜかこれまで一人の男とも起きたことがなかった。**オーガズム**という馬鹿げた医学用語が不快感を伴って夢想の中から押し出されてきて、類義語がいくつも見つかったが、それらの言葉はかくも鋭く正確に心が感じたことを表すことはできなかった……。

そう、いまだに一人の男も、みすぼらしい、純粋に生理的な最低限すら彼女に与えることができないでいたが、女の手や唇や舌はいとも容易く彼女の体からそれを手に入れていた。最初のうちはそのことが奇妙で恐ろしく、無感覚なヴァギナに三度注水した後で眠りそうになっている満ち足りた相手の男の寝ぼけたつぶやきに耳を傾けながら、マリーナは涙を流したものだった。その後は慣れてしまい、レズが勝利を収め、男は純粋に外的な装飾と化したが、**彼**は……。**彼**は常に秘密の知識、真実の愛の隠れた可能性でありつづけ、まさにその愛こそ、マリーナが強く憧れ、新たなガールフレンドの抱擁の中で眠りに落ちようとしている彼女のすらりとした浅黒い体が渇望しているものだった……。

もっとも、ソルジェニーツィンの帰国は物語が展開する一九八〇年代前半の時点では考えられないことだった。強まる弾圧によって反体制運動も行き詰まっている。さらにそこに、まるで追い打ちをかけるように、二十九番目の恋人サーシャとの破局が訪れる。

絶望から酒に溺れる彼女の前に、思いがけず、ルミャンツェフというソルジェニーツィンそっくりの男性が現れる。党委員会の書記を務める彼は、娘の音楽教師を頼むために文化会館を訪れたのだが、マリーナの情緒が不安定なのを見てとると、半ば強引に彼女を自宅まで送り届ける。アパートで二人きりになり、一通り事情を聞いたルミャンツェフは、彼女に向かって反体制派の誤りと共産主義の正しさを諄々と説き聞かせる。

長い話が終わった頃にはすでに夜も更け、ルミャンツェフはマリーナの自宅で一夜を明かすことになる。明け方、彼は寝ぼけているマリーナに半ば強引にセックスを迫る。そして、目覚まし代わりにセットしていた早朝のラジオからソ連国歌が流れるなか、彼女は思いがけず、これまで味わったことのないほど強烈なオーガズムを迎える。

それはなんと信じがたく、なんと魅力的であっただろう！　彼女は皆と一つに融け合い、そして――おお、奇跡だ！――口を開くだけで、歌が、この最高の歌の中の歌が、ひとりでに喉からほとばしり――きれいに、苦もなく、やすやすと、無限の蒼の中へ飛んでいく。そしてすべてが理解できる――すべてが、すべてが、すべてが、そして歌っている人たちはみんな家族で、一つになった声の力が宇宙を揺さぶる、

いったいなぜ反体制派のマリーナが体制派の人間とオーガズムを迎えるのか？　『モスクワの美しい人』（一九九〇）などで知られる作家のヴィクトル・エロフェーエフによれば、「ソヴィエト文学と反ソヴィエト文学は、ヒューマニズムの高跳び競争をしていた」（「ロシアの悪の華」）のであり、両者は似たような語彙やレトリックを用いてそれぞれの正当性を主張し合っていた。ソルジェニーツィンとルミャンツェフの相似は、まさにそうした隠れた同質性を示唆している。自身の思想に絶対的で揺るぎない確信を抱いている両者は、ともにマリーナが潜在的に求めている「父」のイメー

ジに合致していたのだ。

このオーガズムをきっかけに、マリーナの人生は百八十度転換する。彼女はルミャンツェフの勧めに従って音楽教師をやめ、新たに工場の旋盤工として働きはじめる。肉体労働など生まれてこの方したことのない彼女は、最初のうちこそ苦労するが、みるみるうちに習熟し、短期間で同僚をも驚かせるほどの成果を出すようになる。

マリーナの人格とともに文体自体も変化していく。社会主義リアリズムには悪名高い「無葛藤理論」と呼ばれるものがあるが、旋盤工になった後のマリーナにはもはや何の迷いもない。彼女はあっさりと自己を放棄し、いとも簡単に集団の中に幸福を見出す。ルミャンツェフという模範的な指導者に見守られながら、マリーナは同僚の女性労働者たちとともに生産率向上のための壁新聞作りに励み、休日は寮の清掃やご近所のパトロール活動に精を出し、そして工場では、たゆまぬ努力によって労働英雄ばりの驚異的な成果を叩き出す。これはもはや、立派なプロレタリア小説だ。

だが、文体の変化は止まらない。ページが進むにつれ、マリーナはほかの登場人物同様に名前ではなく姓で呼ばれるようになり、その口調は報告や演説を思わせる堅苦しいものになる。最終的には登場人物そのものがテクストから消え去り、残りの数十ページはソ連共産党の機関紙である『プラウダ』の果てしない引用のコラージュと化す。現実の文脈から切り離された、純粋にイデオロギッシュで自己言及的な言葉が果てしなく続くのであり、それが途切れるのはただ紙の物質的な制約によるものでしかない。

ソローキンは後年のインタビューで、『マリーナの三十番目の恋』をトルストイの宗教的長編『復活』（一八九九）になぞらえ、最終的にマリーナが個性から解放されて無個性の集団に加わることを、「救い」だと述べた（「麻薬としてのテクスト」）。この小説を集団主義的な宗教をめぐる物語だと考えると、最後の延々と続くイデオロギーの言葉の羅列も、不思議と般若心経のマントラか何かのように見えてくる。それが伝えるのは、「共産主義もまた空なり」という後期ソ連の形而上的真理であり、煩悩にまみれた現実から解脱した空虚な言葉は、自己完結したウロボロスの輪を永遠に巡りつづけるのだ。

第9章

もうひとつの九〇年代

ペレーヴィン『ジェネレーション〈P〉』

二〇一〇年代の後半、どうにか博士課程を終えた私は、約十年間暮らした北の大地を去り、地元関西に戻っていわゆるポスドク生活を送っていた。そんなある日、神戸のとあるセレクトショップをぶらぶらしていると、キリル文字で小さく「ЕВРОПА?（エヴローパ？）」と書かれたTシャツが目に飛び込んできた。どうやら、「ゴーシャ・ラブチンスキー」というロシアのブランドらしい。それまでロシアをファッションと結びつけて考えたことはあまりなかったので、正直驚いた。

しかし、そのロゴのアイディアは一目で気に入った。「ЕВРОПА」はロシア語で「ヨーロッパ」を意味する。言うまでもなく、洋服はヨーロッパの発祥だ。それをロシア語に書き換え、さらにクエスチョンマークをつけ足すことで、ヨーロッパ中心のファッション業界に疑問を呈しているというわけだ。しかも、おもな消費者である欧米人やアジア人は大半がキリル文字を読めないのだから、彼らは意味もわからずこの挑発的なスローガンを胸に掲げることになる。まさに「メディアはメッセージ」だ。

当時のストリート系ファッションブームの波に乗って、ゴーシャ・ラブチンスキーは瞬く間に世界中の若者に人気のブランドとなった。街中でキリル文字がプリントされた服を着た若者を見かける機会も多くなり、新作はショップに入荷するたび、瞬く間に完売した。当時インスタグラムで「#gosharubchinskiy」と検索すると、キリル文字のTシャツやスウェットを着た日本や韓国の若者たちの写真が山のようにヒットしたものだ。

大げさかもしれないが、それはまさに革命だった。安価なアディダスのジャージを着た薄汚いヤンキー、もはやガラクタと化した社会主義のスローガン、フルシチョフ時代に大量に建てられた無味乾燥な高層アパートなど、それまでまったく冴えないと思われてきたポストソ連ロシアの灰色の日常が、世界の人々にとってにわかに「クールなもの」となったのだ。

デザイナーではなくストーリーテラーを自称するゴーシャが手がけたコレクションの多くは、レイヴやサッカーなど一九九〇年代に新たに登場したロシアの若者文化がソースとなっている。この時代は、ソ連崩壊によってもたらされた政治的混乱、経済危機、民族紛争といったネガティヴなキーワードで語られることが多いが、自分と同世代のゴーシャが服を通じて紡ぎ出した「物語」のおかげで、私は確かに同じ時空に存在していた「もうひとつの九〇年代」の魅力に気づかされることとなった。

一九九〇年代のロシア文学について語るためには、ひとまず八〇年代後半に遡る必要がある。二十年も続いた長老支配の後、五十代で権力の座についたゴルバチョフは、建て直し《ペレストロイカ》と情報公開《グラスノスチ》をスローガンに掲げ、政治、経済、文化の大胆な改革に着手した。文学に関わる大きな変化は、国家の検閲が事実上撤廃されたことだ。それまで権力を笠に着て文壇の重鎮を気取っていた作家たちは姿を消し、代わりに、以前は発禁扱いだった亡命文学や地下文学の作品が続々と刊行されるようになった。ノンフィクションや評論、回想録などが数多く書かれ、宗教やエロティシズム、実存といった新たなテーマを扱う文学も現れた。文学市場は活性化し、代表的な文芸誌である『ノーヴイ・ミール』は、九〇年には実に二百七十万部という驚異の発行部数を記録した。

しかし、活況は長続きしなかった。ソ連が崩壊したからだ。停滞した社会主義の建て直しを目指したはずの改革は、皮肉なことに、国自体の消滅という真逆の結果をもたらすこととなった。新生ロシアの指導者となったエリツィンは急進的な市場経済改革を進めたが、その代償は大きかった。「オリガルヒ」と呼ばれる新興財閥が生まれた一方、新たな社会の仕組みに対応できなかった人々は浮浪者となって街にあふれた。ハイパーインフレが発生し、一九九八年に国は債務不履行《デフォルト》に陥った。アレクセイ・バラバーノフ監督のマフィア映画『ロシアン・ブラザー』（一九九七）は、この時代特有のひりひりした空気感を見事に描き出している。

ソ連崩壊後、文学の社会的な影響力は大きく後退した。ペレストロイカの終焉が明らかにしたのは、表現の自由を求める文学の価値は、実際はそれを制限する国家の存在によって保証されていたという逆説だった。あれほど求めていた自由を得た途端、文学は語るべき言葉を失ったのだ。いわゆる純文学に代わって台頭したのはミステリなどの大衆小説で、マフィアに代表される社会悪を扱うそうした小説こそが、ある意味で資本主義ロシアの現実を反映していた。

出版のビジネス化が進む一方で、リベラリズムへの反発も強まった。亡命先のニューヨークでのデカダン生活を描いた自伝的小説『ぼくはエージチカ』（一九七九）で有名になったエドゥアルド・リモーノフは、ロシア帰国後にネオユーラシア主義者アレクサンドル・ドゥーギンとともに「国家ボリシェヴィキ党」を立ち上げる。これは極右と極左の両方の要素を併せ持つ過激な政党で、綱領では、リベラリズム、民主主義、資本主義の打倒、アメリカやNATOとの敵対、ウラジオストクからジブラルタルにまたがる帝国の創出などが打ち出されており、反抗的な若者たちから熱狂的な支持を得た。

レニングラードに生まれ、若い頃にアメリカに亡命した比較文学者のスヴェトラーナ・ボイムによれば、一九九〇年代のロシアは、「世界でもっとも論争的で、エキサイティングで、矛盾した場所」だった。「そこでは、ラディカルな自由や非予測性、社会実験が、宿命論やソ連の政治機構の残存、宗教や伝統的価値のリバイバルと共存していた」（『ノスタルジアの未来』）西側が「歴史の終わり」の勝利感に浸っている頃、それをもたらしたソ連崩壊という大地震の震源地であるロシアは、いつ終わるとも知れぬ混沌に覆われていたのだ。

混沌をリアリズムの言葉で語ることはできない。この時代のロシアで反形式や無秩序を特徴とするポストモダニズムが流行したのは必然だった。たとえば、現代美術の作家でもあるパーヴェル・ペッペルシテインの長編『カーストの神話生成的愛』（第一巻はセルゲイ・アヌフリエフとの共著、一九九九

九、二〇〇二）では、独ソ戦がサイケデリックな幻覚の中で描かれている。そして、そんなペッペルシテインや、前の章で取り上げたソローキンと並ぶポストモダン文学の代表的作家が、ロシアの読書界で圧倒的な人気を誇るペレーヴィンだ。

一九六二年生まれのペレーヴィンは、軍事専門の大学教員を父に持ち、エリート教育を受けた。雑誌編集者としてカルロス・カスタネダの翻訳などに従事した後、SF小説を書くようになる。九一年に出版した最初の短編集が十万部超えのベストセラーとなり、ソ連時代の宇宙開発をテーマにした中編『宇宙飛行士オモン・ラー』（一九九二）がインタープレスコン賞や青銅のカタツムリ賞といったSFの賞を複数受賞するなど、一躍スター作家となった。

いつも映画『マトリックス』（一九九九）のエージェントを思わせる細長いサングラスを掛けたペレーヴィンの経歴は、大部分が謎に包まれている。実は、二〇〇一年に東京大学で開かれたシンポジウムにソローキンらとともに登壇したことがあるのだが、現在は公の場所に姿を現すことはほぼない。居住地も不明で、二一年には彼の姿がタイで目撃されたことがニュースになったほどだ。

一説によると韓国で禅の修行をしたとされ、実際、作品の多くに禅仏教的なモチーフが見られる。代表作のひとつである長編『チャパーエフと空虚』（一九九六）の主人公は、その名もずばりプストタ（＝空虚）。ソ連崩壊後の社会の変化に適応できずに精神を病んだプストタ青年の人格は分裂しており、主人公は革命直後のロシアと現代のロシアを往き来しながら、混沌とした世界からの脱出を試みる。作者によれば、「これは出来事が絶対的な空虚の中で起きる、世界文学初の作品」である。

「停滞の時代」のソ連のイデオロギーがすでに内実を欠いた空虚なものとなっていたことは前の章で述べたが、それを覆い隠していた国家そのものが瓦解したことによって、空虚は露わになった。当時のポストモダニズム批評では、この剝き出しになったロシアの空虚をめぐる議論が活発に行われたが、思想家のミハイル・エプシテインによると、東西の文明に挟まれたロシアには昔から「空虚の宗教的直感」があり、それはあらゆる文明に潜む「仮想的で純粋にイデオロギー的な性格」を暴露するのだという(「ロシア・ポストモダニズムの起源と意味」)。禅仏教的な思想を反映した『チャパーエフと空虚』もまた、そうした空虚との戯れの一ヴァリエーションだと言えよう。

とはいえ、自然は真空を嫌うものだ。ロシアの空虚な現実は、欧米から洪水のように押し寄せてきた資本主義文化によってすぐに満たされていった。九〇年代のペレーヴィンのもうひとつの代表作である『ジェネレーション〈P〉』(一九九九)は、ロシアに新たに出現したこの独自の消費社会を、神話やオカルトと結びつけながら幻想的に描いた長編である。

表題の「P」が指し示すものは多義的だが、ひとまず物語との直接的なつながりという点では、ペプシコーラを指す。一九七〇年代にソ連に入ってきたペプシコーラは、当時ロシアで飲める唯一のコーラだった。小説の主人公は、この「ペプシ世代」に属するヴァヴィレン・タタールスキーという奇妙な名前の若者だ。奇妙な、というのは、「ヴァヴィレン」という名前が、後期ソ連の自由な精神を象徴する作家ワシーリー・アクショーノフ(Vasily Aksyonov)と、ソ連の父である革命家ウラジーミル・イリイチ・レーニン(Vladimir Ilych Lenin)を掛け合わせたものだからだ。

ソ連精神をその名に刻まれたタタールスキーは、文学大学に通いながら、昼間はウズベク語やキルギス語の詩の翻訳に従事し、夜は「永遠」のための詩作に取り組むという将来を思い描いていた。しかし、そんな牧歌的な夢は突然崩れ去る。永遠に存在すると思っていたソ連がなくなってしまったのだ。突如として永遠から現在へと放り出されたタタールスキーは、チェチェン人が仕切るキオスクの店員として働きはじめるが、大学時代の同級生モルコーヴィンの紹介でコピーライターの職を手に入れる。

文化的なコンテクストが大きく異なるロシア人の心に、欧米の商品広告はそのままでは響かない。コピーライターの仕事は、かつてタタールスキーが夢見ていた翻訳家と同じように、欧米の商品のコンセプトをロシア人のメンタリティに合うよう、いわば「翻訳」することだ。作中で紹介されるキャッチコピー（タタールスキーが作ったものも、そうでないものもある）はどれも面白いので、いくつか引用してみよう。

スプライト

スプライト。ニコーラのための非《ニェ》コーラ

パーラメント

ポスターは、九三年十月に歴史的な戦車が並んだ橋から撮ったモスクワ川河岸の写真。

連邦政府庁舎《ホワイトハウス》の場所に見えるのは、「パーラメント」の巨大な箱（パソコンで合成）。周囲にはヤシの木が茂っている。キャッチフレーズはグリボエードフの引用。

祖国の煙もまたわれらに甘く心地よい
　パーラメント

GAP
ロシアはいつも文化と文明とのギャップで有名だった。今やもう文化はない。文明もない。残ったのはギャップだけ。それがあなたの見られ方。

これらのキャッチコピーでは、英語とロシア語でダジャレを作ったり、欧米のブランド名をロシアの古典詩と、あるいはロシアの現状と結びつけたりすることによって、ブランドのイメージが巧みに「翻訳」されている。

ある日タタールスキーは、とある店で購入したウィジャボードで呼び出したチェ・ゲバラの霊から、資本主義のメカニズムを解説される。そのエキセントリックな講義によれば、テレビのザッピングに夢中になる現代人は、ホモ・サピエンスならぬ「ホモ・ザピエンス（HZ）」である。HZは「ORANUS（口尻）」と呼ばれる有機体の細胞であり、その神経系であるメディアは細胞にカネの吸収を促す「オーラル・ワウパルス」、カネの排出を促す「アナル・ワウパルス」、カネ以外のことを意識から排除する「排除ワウパルス」という三つの信号を出し、果てしないカネの循環を生み出している。

禅的な悟りによる解脱が試みられた前作『チャパーエフと空虚』とは異なり、『ジェネレーション〈P〉』にはもはや資本主義の外部は存在しないように見える。世界は際限のない差異化をもたらす無数の記号で満たされ、もはや「真理」や「事実」はメディアが作り出す幻想にすぎない。そんなポスト・トゥルースを先取りするかのようなシニシズムを前提として、物語の後半では、欧米の商品の「翻訳」に留まらず、欧米の文化にロシアの文化をいかにして対抗させられるかが問題となる。

タタールスキーが新たに雇われた「枢密顧問」という広告代理店には、マリュータという人物がいる。十六世紀に実在したイワン雷帝の親衛隊の残虐非道な隊長と同じ名前を持つこの男は、まるでB級アクション映画に出てくるレバノン・マフィアのような外貌で、自分が愛国者であることを示すためだけに反ユダヤ主義の立場を取っている。彼は広告に愛国的なメッセージを込めることに余念がなく、たとえばハーレーダビッドソンのCMに、「ダビッドソンどもはあと何年ハーレーに乗りつづけるつもりなんだ？　ロシアよ、目覚めよ！」という台詞を入れる。

タタールスキーはこうした人種主義剝き出しのアイディアが広告に採用されることに困惑するが、雇い主のハーニンによれば、今のロシアで広告を出すのはクライアントが自分の力を誇示するためであり、商品を売るのは二の次。内容は馬鹿げていればいるほどいいのだという。

ハーニンはタタールスキーに、彼の元締めであるヴォフチクというマフィアの男を紹介する。彼は言う——「偉大な国」であるロシアを外国は見下している。なぜか。それは、今のロシアには明確なアイデンティティが欠けているからだ。昔は正教、専制、民族、共産主義といった理念があった。しかしソ連崩壊後の今では、カネ以外のものは何もなくなった。したがって、ぜひとも新しいロシア的理念を考え出さなくてはならない。

依頼を受けていざ仕事に取り掛かったタタールスキーは、ロシア的理念について何の考えも浮かばないことに愕然とする。行き詰まった彼はウィジャボードでドストエフスキーの霊を呼び出すが、霊は紙の上に言葉ではない曲がりくねった線を描くばかり。それはあたかも、ロシア的理念はあまりにも超越的で、はっきりと言葉で言い表すことは不可能だと告げているかのようだった。結果、ロシア的理念を考え出す仕事はタタールスキーのキャリアで初の失敗に終わるが、依頼主のヴォフチクはチェチェン・マフィアとの抗争で殺されてしまう。

人々は欧米の文化に対抗するロシア的な何かを求めているが、問題は、その「何か」が見つからないことだ。タタールスキーは、ロシアの煙草「ゴールデン・ヤーワ」の広告キャンペーン案にジレンマの解消法を見る。そのイメージは、ニューヨークの街に向かってヤーワの箱がミサイルのように落下していくというもので、キャッチコピーは「報復攻撃」。

間違いなく――タタールスキーは青鉛筆でさっと書いた――広告で報復攻撃のアイディアおよびシンボルを用いることは大成功だと認めなければならない。これは、この煙草の主な消費者であるルンペン・インテリゲンチアの幅広い層の気分に応えている。マスメディアでは、アメリカのポップ・カルチャーや先史時代的なリベラリズムの支配に健全でナショナルな何かを対抗させる必要性が、もう長らく喧伝されている。問題は、この「何か」を見つけることにある。部外者の目に触れない内部批評において、われわれはこの「何か」はまったく存在しないと断定できる。広告コンセプトの作者たちは「ゴールデン・ヤーワ」のパックによってこの意味の裂け目を突きつけており、それは間違いなく、潜在的消費者に極めて好ましい心理的結晶作用をもたらすはずだ。それは次のように表現される。消費者は意識下で、煙草を一本吸い終わるごとに、自分がロシア的理念の地球規模の勝利をちょっぴり近づけたと考える……。

元締めを失ったハーニンのもとを去ったタタールスキーは、再びモルコーヴィンの紹介で、今度はロシアのメディア界を裏から牛耳るアザドフスキーが運営する「養蜂研究所」に雇われる。ここではエリツィンをはじめとするロシアの政治家たちの3Dモデルが製造されており、職員たちはそれらを用いてテレビに映し出される架空の議会や記者会見を制作している。政治家たちの大半は存在しないのだが、そのことを隠すために「人民の意志」と呼ばれる元KGBメンバーから構成される特殊部隊が、あたかも政治家たちが実在するかのように見せかける裏工作を行っている。もはや

「現実」はこのロシアのどこにも存在しない。そのことにタタールスキーは衝撃を受ける。

物語終盤、タタールスキーは巨大なテレビ塔がそびえるオスタンキノの池の地下百メートルにある「黄金の部屋」へと導かれ、そこで「庭師協会」なる秘密結社の存在を知らされる。彼らの伝説によれば、遠い昔、一説ではイシュタルともされる一人の女神がいた。死ぬことを恐れた女神は自分から死を切り離し、死は犬となった。女神と犬は争い、結果的に女神は肉体を失って黄金の概念となった。犬の方は五本脚の奇形となり、遠い北国で眠りについた。「ピズジェーツ」と呼ばれるこの五本脚の犬が目覚めると大きな災いが生じるため、結社は女神に力を与える聖なる木を育てながら、ピズジェーツが目覚めないよう見張っているのだという。

その後、黄金の部屋では女神の夫を交替する儀式が執り行われる。結果、現在の夫であるアザドフスキーは殺され、代わりにタタールスキーが新たな夫に選ばれる。彼の3Dモデルは女神の体の代替物となり、「生ける神」としてロシアのあらゆるテレビ番組やCMに現れるようになる……。

キーウ出身のイギリス人ジャーナリストで、二〇〇〇年代後半にロシアのテレビ業界で働いていたピーター・ポマランツェフの『プーチンのユートピア――21世紀ロシアとプロパガンダ』（二〇一四）によれば、ロシアのメディア業界の考え方は「みんな嘘だし何でもありさ（Nothing is True and Everything is Possible）」（池田年穂訳）というものであり、番組制作の現場では事実と虚構の間に境界線を引くこと自体に意味がなくなっているという。

今、改めて『ジェネレーション〈P〉』を読み返すと、プーチン政権下のロシアを象徴するポスト・トゥルース的なシニシズムは、実は一九九〇年代にすでに兆していたことがわかる。その意味で、世紀末に書かれたこの小説は、九〇年代ロシアの記念碑であるだけでなく、ペプシ世代とプーチン世代という二つの「P」をつなぐ蝶番でもあるのだ。

第10章

回帰する亡霊

エリザーロフ『図書館大戦争』

ペテルブルグ留学の前半、私はネフスキー大通りに面したカザン聖堂の裏手にある大学のホテルタイプの寮で生活していた。私が放り込まれた居住スペースは、二つの部屋と浴室兼トイレから成り、それぞれの部屋に留学生が二人ずつ暮らしていた。自分の部屋にはベッドが二つと、大きなクローゼットがひとつあり、キッチンはなかったが、幸い冷蔵庫が置いてあったので（備品は部屋ごとに異なっていた）、とりあえず食料の保管はできた。十九世紀に建てられた建物は全体的に老朽化が進んでおり、メインの階段が補修工事で通れず、停電も頻繁にあった。冬になると当直のおばさんが窓を目張りしにやって来たが、セントラルヒーティングのおかげで部屋が寒いということはなく、むしろ暑すぎるくらいだった。

私のルームメイトはスイスから来た二十歳くらいの大学生で、とびっきりハンサムで知的な若者だった。英語は言うまでもなく、ドイツ語、フランス語、ロシア語を自在に操るマルチリンガルで、文学の造詣も深く、おまけにホルンまで華麗に吹きこなした。ヨーロッパの教養人というのはおそらく彼のような人物を指すのだろう（ちなみに、今では立派な歴史学者になっているようだ）。

寮の近所に行きつけの洒落たパスタの店があって、ある日、私はそこでルームメイトとランチをしながら三島由紀夫について話をした。晩年のナショナリズムや市ヶ谷駐屯地での「ハラキリ」について、つたないロシア語で四苦八苦しながら説明していると、相手から三島が死んだのは何年のことかたずねられた。正確な年は覚えておらず、答えに詰まっていると、隣の席でノートパソコンに向かっていた見ず知らずの男性客が、「一九七〇年だよ」と教えてくれた。今から思うと、とっさにネット検索しただけのことかもしれないが、私にとってこれはペテルブルグという都市の知性を象徴するエピソードとなった。

三島はロシアで広く知られている日本人作家の一人だ。前の章で触れたリモーノフは一時期三島に心酔し、「俺の理想と目標は（……）三島由紀夫、人生と歴史に対する彼の英雄的でサムライ的な態度だ」と語った（雑誌『エレメンツ』のインタビューより）。『堕天使《アザゼル》殺人事件』（一九九八）をはじめとする「エラスト・ファンドーリンの冒険」シリーズが人気を博したミステリ作家のアクーニンは、本名をグリゴーリー・チハルチシヴィリといい、元々は日本文学研究者で、三島の翻訳者としても知られる（アクーニンというペンネームも日本語の「悪人」に由来している）。武士道を重んじ、欧米文化に染まっていく戦後日本の行く末を憂いて壮絶な自決に至った三島は、ロシア人の目にはまさに現代の「サムライ」のように映ったのかもしれない。

太平洋戦争の敗北と冷戦の敗北。日本とロシアはそれぞれの敗北を経てともにポストモダン化を経験した。だが、ロシア文学者の乗松亨平によれば、その方向性は対照的であり、「日本のポストモダンが、損なわれた人々の「つながり」(……)の回復を目指すのに対し、ロシアのポストモダンは、損なわれた「大きな物語」の回復を目指す」(「敗者の(ポスト)モダン」)。

もっとも当初は、「大きな物語」の失効は自明なものに思われた。批評家のレフ・ダニールキンは、九〇年代末の文壇の空気を振り返って次のように書いている。多くの者が、これからの文学は「ソローキン以後の文学」になると考えていた。すなわち、「もはや誰も「人生について」の分厚い伝統主義的長編など書こうとしないだろうし、もはや読者も、「小さな黒い文字」が現実と何らかの関係を持っているなどという幻想で自己欺瞞に耽ることは決してないだろう」(「クラッジ」)と。

ところが、新たな世紀を迎えた文壇では、批評家らの予想に反して、資本主義への批判的な眼差しを含む新傾向の文学が登場した。なかでも特筆すべきは、「新しいリアリズム」と呼ばれる潮流で、それは先行するポストモダニズムの特徴である既存の文学のパロディではなく、作家個人の感性が捉える祖国の新しい現実を誠実に描くことを求めた。

ゼロ年代にはこの新潮流に関連づけられる当時二、三十代の作家が数多くデビューしたが、地方の困窮を描く作家がソ連時代の農村派作家と比較されるなど、パロディではない「新しい」現実を描くはずの新世代のリアリズムは、皮肉なことに、しばしばソ連時代の「古い」文学を想起させるものとなった。ある評者の言葉を借りれば、それはまさに、「社会主義リアリズムの死後の勝利」とでも言うべきものだった。

今や保守の重鎮となったザハール・プリレーピンもこの潮流から出てきた作家だ。若き日の彼は、リモーノフに心酔して国家ボリシェヴィキ党の党員となり、その経験に基づいて書かれた自伝的長編『サニキャ』（二〇〇六）で「新しいゴーリキーが現れた」と評された。主人公のサーシャは田舎出身の若者で、「サニキャ」はソ連時代を生きた彼の祖父母が孫を呼ぶときの愛称だ。「神はいる。父がいないのは悪い。母は善良で尊い。祖国はひとつ」という信念を持つサーシャにとって、資本主義の価値観に毒された現在のロシアの姿は許容できるものではなく、過激政党の党員として仲間とともに政治活動に打ち込んでいる。

暴力行為を含む活動の是非について、サーシャは亡き父の教え子であるリベラル派の若い哲学者ベズリョートフと議論する。

「自分たちがやりだしたことをいいことだと思っているのか？　正しいことだと？」

「いいことだし、正しいことだ」サーシャは答えた。

ベズリョートフは肩をすくめた。

「では、その意味は？」

（……）

「俺はロシア人だから。それで十分だ。俺にはどんな思想も必要ない。（……）自分の母親を愛したり、父親を覚えておいたりするのに、美学や道徳の土台は必要ないんだ……」

「それはわかる。でも、それなら君はどうして入ったんだ、その……君らの党に？」

「党にも思想なんて要らない。党に必要なのは祖国だけだ」

「おいおい、「ロシア人」とか「祖国」とか、そんな言葉はどれも必要ないだろう。不要だ」

「いたずらに口にするな、ってことだろ？」サーシャはなだめるように言った。「同感だ」

「まったく、何が「いたずらに」なんだ？」ベズリョートフは憤慨した。「君らは祖国と何の関係もありゃしない。祖国だって君らと何の関係もない。それに、祖国はもうない。おしまいだ、消え失せてしまったんだ！（……）」


ベズリョートフは恩師の息子をなんとかして説得しようとするが、サーシャの愛国的な信念を揺るがすことはできない。

とはいえ、ここで主人公が口にする「ロシア」や「祖国」といった言葉が指し示すものは、極めて漠然としている。作者のプリレーピンが自身の愛国心に目覚めたきっかけは、「ソヴォーク」（ソ連やソ連的価値観の持ち主を蔑む言葉）という新語に象徴されるように、九〇年代のロシアでソ連的なものが軒並み否定的に語られるようになったことだという。彼の強烈な愛国心は他者から向けられる憎悪への反発として形成されているのであり、そこに積極的な内容を見出すことは難しい。

数々の文学賞を受賞して一躍ゼロ年代文学のスターダムにのし上がったプリレーピンは、二〇一二年にあからさまにスターリンを礼賛する「手紙」を発表してリベラルから激しい批判を浴びたが、その際に彼は、自らの行為を「公開ハラキリ」を呼んだ。あたかも、戦後日本では受け入れられなかった三島の憂国の精神が、時空を超えてポストソ連ロシアへと受け継がれたかのようだ。かつて三島が天皇を担ぎ出して独自の「文化防衛論」を展開したように、ソ連の記憶は欧米の資本主義文化に対抗する強力な楯となった。

もっとも、これは文学に限った話ではなく、そもそもソ連への強いノスタルジアはポストソ連ロシア社会に蔓延した病だった。共産主義という輝かしい理想を掲げた祖国を突然見舞った死を、人々はどう弔えばいいのかわからなかった。二〇〇〇年に書かれた「新しいリアリズム」宣言とも言えるある若い作家の論文が「喪の否定」と題されていたのは象徴的だ。しかるべく埋葬されなかったソ連という過去がよみがえり、現在を徘徊しはじめたのだ。まるで亡霊のように。

ロシア・ブッカー賞を受賞したミハイル・エリザーロフの長編『図書館大戦争』(二〇〇七)は、こうした不気味なソ連回帰の現象をダーク・ファンタジーの手法で描いた作品だ。一九七三年生まれの作者は、ノーベル賞作家スヴェトラーナ・アレクシエーヴィチと同じウクライナのイヴァーノ＝フランキーウシクの出身で、ハルキウ大学文学部を卒業している。百九十センチはありそうな巨体、胸元まで伸ばしたウェーブする黒髪、Tシャツの上からサスペンダー、アーミーブーツにたくし込まれた黒いカーゴパンツの裾。もはや小説家というより、凄腕の傭兵か、あるいはロック・ミュージシャンを思わせる風貌だが、実際に彼は斧やナイフのコレクターであり、ギターを片手に歌うシンガーソングライターでもある。

エリザーロフはウクライナで生まれ育ったが、独立後の親ヨーロッパ的な空気にはかなり否定的で、あるインタビューでは、「ウクライナは好きなだけ自らのヨーロッパ性を口にできるけれども、所詮は緩衝地帯です」と語っている。彼にとっての祖国は、ウクライナという国民国家ではなく、ソ連という失われた「地上の楽園」なのだ。

ソ連体験はある全一性の体験でした。まさにそれをここへ、私たちのところへ引っ張ってこなければならないのです。形而上のソヴィエト連邦は夢のように全一的な国でした。完全な国でした。悲劇は、それが具体化しなかったことです。(……)ソ連の魂はすばらしかったけれども、その体は不完全でした。意図からすれば、まさに地上の楽園でした。この知的な抽象概念を地上へ引っ張ってこなければならなかったのです。エリートやテクノロジー、何らかの魔術的なものによって、それを具体化しなければならなかったのです。しかし、抽象概念は作用していました! 子供の頃、私は自分が最良の国に住んでいると信じていました。信じていたということはつまり、機械が作動し、存在していたということです。(『ザーフトラ』)

どこまで真面目に受け取っていいのかわからないが、ここまで過度な礼賛ではないにせよ、多かれ少なかれ美化されたソ連観はエリザーロフの世代の作家の多くに共通して見られるものだ。彼のように一九七〇年代生まれの作家たちは、多感な青春時代の最中にソ連崩壊を迎え、突如として混沌の九〇年代に放り出された。資本主義への幻滅が深まれば深まるほど、かつて学校教育の中で教えられた共産主義の理念は輝きを増していったのかもしれない。作風はまったくリアリズムではなく、むしろソローキンやペレーヴィンなどポストモダン作家の作品からの影響が指摘されるにもかかわらず、エリザーロフがしばしば「新しいリアリズム」の潮流に関連づけられるのは、おそらくこうした理念的な共通性によるものだろう。

さて、小説の内容に移ろう。『図書館大戦争』は、今ではすっかり忘却されたグロモフという社会主義リアリズム作家が遺した七冊の本をめぐる物語だ。これらの本にはそれぞれ超自然的な力が宿っており、たとえば『プロレタリア鉱山』といういかにも退屈そうなタイトルの小説は「力の書」と呼ばれ、それを読んだ人間は超人的な身体能力を得ることができる。力の発動条件は、本に印刷された文字を最初から最後まで途切れなく読むことで、内容は一切関係ない。ここで言う「読書」とは、パソコンやスマートフォンにアプリをインストールする行為にも似た、百パーセント形式的な儀式なのだ。

こうした一見するとファンタジー的な設定は、実はソ連文学の本質を的確に捉えている。社会主義リアリズムの研究で知られる文学者カテリーナ・クラークによれば、社会主義リアリズムの目的は「儀式としての歴史」を提示することにある。たとえば、革命運動に目覚めていくプロレタリアートの母子《おやこ》を描いたマクシム・ゴーリキーの『母』（一九〇七）では、そのプロットにおいて主人公たちの内面は何ら重要な役割を演じておらず、彼らは社会主義という外部の思想を習得＝インストールすることで成長していく。その結果として社会主義リアリズムの物語は、近代の教養小説《ビルドゥングス・ロマン》よりも、むしろ近代以前の伝統的な部族における通過儀礼に似通ったものとなる（『ソヴィエト小説』）。

グロモフの本に秘められた力を知った人々は、各地で「図書館」や「読書室」と呼ばれるグループを独自に結成し、密かに本の収集を始める。本の所有をめぐる図書館同士の抗争は激化し、やがて「ネヴェルビノの戦い」と呼ばれる大規模な戦闘にまで発展する。双方に多大な被害をもたらしたこの戦いの後、図書館の読者たちは「図書館評議会」なる管理機関を立ち上げ、本の所有と管理に関するルール作りを行う。

主人公のアレクセイ・ヴャージンツェフは、作者同様ウクライナ出身、舞台関係の仕事に就くことを夢見る二十七歳の青年だ。地元でうだつが上がらない生活を送っていた彼のもとに、ある日、尊敬するロシア在住の叔父が何者かに殺されたとの一報が入る。叔父のアパート売却のため、アレクセイはソ連時代の面影を色濃く遺すロシアのとある田舎町を訪れるが、そこで謎の襲撃者たちに拉致されてしまう。

襲撃者たちの正体は、グロモフの本を所有する「シローニン読書室」のメンバーで、叔父が実はグループを束ねる「司書」だったことが判明する。現リーダーのマルガリータは、アレクセイを殺された叔父の後継者に据えようと考え、「記憶の書」の異名を持つ『静かな草』という小説を彼に読ませる。この本を読んだアレクセイの脳裡には、本物かどうか定かではない幼少期の記憶が奔流のように押し寄せる。
「本」はまるで自噴井戸を開けたかのようで、そこから忘れていた言葉や、騒音や、色彩や、声や、消え失せた日用品や、掲示や、ラベルや、ビラなどが、抑えがたい本流となって噴き出してきた……。

ちなみに、物語は主人公の回想という形式を取っており、すでに「記憶の書」を読んだアレクセイの語りが真正なものなのかどうか、読者には判断できない。いわゆる「信頼できない語り手」だが、「記憶の書」は単なる物語上のギミックという以上に、現代ロシアにおけるソ連ノスタルジアの構造を端的に示しているように思える。ソ連にまつわる現実の記憶は、ソ連時代やその後に作られた多数の小説やテレビドラマ、映画などの内容と混ざり合い、もはや何が「本当の」記憶かを確かめることは難しい。

こうして半ば強制的に「シローニン読書室」のメンバーに加えられたアレクセイは、ひょんなことからグロモフの本の中で最大の稀覯本とされる『スターリン陶器回想』を手に入れる。これは「意味の書」の異名を持つが、それを読んだアレクセイは、「意味」ではなく、グロモフの七冊の本にまつわる重大な「意図」を知る。

それはよみがえったパレフの細密画の三次元のパノラマ、僕がよく覚えている光沢ある漆塗りの下地に描かれたソヴィエトの聖像画だった。その絵は、金色や群青やあらゆる色合いの真紅を用いて、平和的労働の光景を描き出していた。はためくシルクをまとった工場、豊かな小麦畑とコンバイン。労働者たちは力強い手に鍛冶のハンマーを握り、空色のサラファンを着たコルホーズ員の女たちは黄金色の穀物の束を抱え、きらめくヘルメットをかぶった宇宙飛行士たちは銀色のコートをなびかせながら未踏の惑星の土を踏みしめていた。赤い旋風の中で情熱的な十月のレーニンがさっと片手を挙げ、水兵や兵士たちは、果てしなく続く、まるでシフォンのように軽やかな旗を運び、彼らの頭上では巡洋艦オーロラ号が太陽の光で黒雲を貫いていた……。

さながら宗教画のように再構築された愛すべき「祖国」は、しかし古来の「敵」の攻撃によって破滅の危機に瀕している。「敵」から国を守れるのは、グロモフの七冊の本を所有する「祖国の守護者」だけだ。

彼にはわかっている——本が次から次へと休みなしに読まれている間、恐ろしい敵は無力になることを。国は見えない丸屋根に、不可思議なヴェールに、窺い知れない丸天井にしっかりと覆われており、それより固いものはこの世に存在しない。なぜならそれは、善なる「記憶」、気高い「忍耐」、心からの「歓喜」、強大な「力」、聖なる「権力」、高潔な「憤怒」、偉大な「意図」という揺るぎない支柱によって建てられたからである。

物語の終盤、アレクセイは伝説的な「モホワ図書館」に囚われの身となる。これは「力の書」によって超人的な身体能力を得た老婆たちで構成されるグループだが、後継者の不在に悩んでいた。図書館を束ねる老婆ゴルンは、アレクセイを彼女の「孫」に仕立て上げ、地下に監禁する。かつて書庫として使われていた地下倉庫で、アレクセイは机に向かい、「意味の書」によって啓示された「意図」を実行すべく、グロモフの七冊の本を途切れることなく時系列順に読みはじめる……。

晩年の三島は私兵組織である「楯の会」に象徴されるキッチュでフェティッシュな世界にのめり込んでいったが、窓のない地下室にこもって社会主義リアリズムの本に読み耽るアレクセイは、どこかテレビゲームのヴァーチャルな世界に没頭するオタクを思わせる。この結末にかつて私は、大澤真幸が「アイロニカルな没入」と呼んだところの、それが嘘であると知りながら対象に没入していくポストモダン的なアイロニーを読み取った。しかし、今になって思うと、『図書館大戦争』の物語は、アイロニーというよりはむしろ、ソ連という過去の亡霊を現世に召喚するための黒魔術的な儀式のように感じられる。

ネオユーラシア主義者のドゥーギンは、二〇一四年のロシアによるクリミア併合後に、BBCのテレビインタビューに応えて次のように語っていた──「ポストモダニティが示しているのは、すべてのいわゆる真実は信じることにあるということだ」と。さらに二〇二二年にはロシアとウクライナの間で全面戦争が始まり、両国の記憶をめぐる争いは激化する一方だ。物理的な意味での戦争にはいずれ終わりが訪れるだろうが、記憶をめぐる戦争にはたして終わりなどあるのだろうか。私たちの誰もが、それとは気づかないうちに、それぞれの「記憶の書」を読んでしまっているのだとしたら?

第11章

可能性としての女性文学

ナールビコワ『ざわめきのささやき』
トルスタヤ『クィシ』
スタロビネツ『むずかしい年ごろ』

三島由紀夫はおのれの貧弱な肉体に対する強烈なコンプレックスから肉体改造に励んだ。どうやら私は三島とほぼ同じ体格らしいのだが、彼の気持ちが少しはわかる気がする。自分も三十歳前後の一時期、猛烈に筋トレに励んだことがあった。一日おきに数キロのジョギングと筋トレを行い、運動の直後にタンパク質多めの食事とプロテインを摂取する。シットアップベンチとダンベルセットも購入した。シックスパックにはほど遠かったが、それでも腹筋は割れ、上腕二頭筋もまあまあ硬くなった。ひげを伸ばしていたこともあるが、もともと体毛が薄いのでろくに伸びなかった。

振り返ると、長い間「男らしさ」の呪縛に囚われていたように思う。今でも体力作りのために時々ジョギングはやるが、鋼のような肉体への憧れはきれいさっぱりなくなった。長年クローゼットで埃をかぶっていたシットアップベンチとダンベルセットも最近ついに処分した。ひげを伸ばすのはとっくの昔にやめていたが、代わりに数年前から髪の毛を伸ばしている。いちばん長いときで鎖骨の下くらいまであった。食事の際は髪をヘアゴムで束ねたり、毛先が傷みがちになるのでブローの際はトリートメントが欠かせなかったり、ヘアアイロンを髪の毛に通すのに手こずったり、公衆トイレで女性と間違われたり、髪を伸ばして初めて気づいたことが色々ある。とくに女性になりたい願望があるわけではないが、時々、男性であることがひどく退屈になる。

メディア越しに伝わってくるロシアのイメージは、かなりマッチョだ。何しろ、国の顔である大統領からしてそうなのだ。プーチンもロシア人にしてはかなり小柄な方だが、鍛え上げられた肉体はまさしく男性性の権化だ。自らジープやヘリを操縦し、真冬の凍るように冷たい水に海パン一丁で飛び込み、狩りではスナイパー顔負けの的確な射撃で仲間を熊から救う。ヴェネツィア国際映画祭で金獅子賞を受賞したアンドレイ・ズヴャギンツェフ監督の『父、帰る』(二〇〇三)という映画があるが、国民は長らく不在だった理想の「父」の姿をまさにプーチンに見出したのだ。

文学史を見ても、基本的に男性の作家が目立つ。マリーナ・ツヴェターエワやアンナ・アフマートワといった国民的な女性詩人がいる一方で、散文の世界にはドストエフスキーやトルストイに比肩するような女性作家は長らく現れなかった。もちろん十九世紀にも女性の作家はいたが、「女性文学」にスポットライトが当たるようになったのは、比較的最近、一九八〇年代のことだ。この時代には体制派とも反体制派とも異なる「もうひとつの散文」と呼ばれる潮流が台頭し、そこに才能ある女性作家が多数含まれていたのである。

その一人が、エロティックな内容と実験的な文体で鮮烈なデビューを飾ったワレーリヤ・ナールビコワだ。ロシア語には「マート」と呼ばれる性的なスラングが山のように存在しており、そういった言葉だけを収録した辞典まで存在するほどだが、文学テクストにこうした言葉が出てくることは稀で（出てきても伏せ字にされることが多い）、「検閲を通らない悪罵」と呼ばれてきた。とりわけソ連時代は性的タブーが厳しかったため、性の話題を堂々と表現する作家の登場は、当時としてはかなり衝撃的だった。

ナールビコワは「スカートをはいたサド侯爵」とも評されたが、作品の内容自体がそこまで過激なわけではない。むしろ、エロスが言葉に昇華されているのであり、彼女の本領は「意識の流れ」を用いた波のように流動する文体にある。ソ連崩壊後に発表された『ざわめきのささやき』（一九九四）は、主人公の画家ヴェーラとある父子の恋愛を描いた小説だ。

樽が終わった、新しいのを開けるときだ、夏が終わった、新しいのを始めるときだ。そして新しい樽は今年開けられるが、新しい夏は来年にならないとやって来ない。「夏よこんにちは」、そして夏よこんにちはと言った途端、もう新しい夏よこんにちは。ヴェーラには夫がいた。正真正銘の夫が。そして彼は夫からできていた。玩具じゃない。壊すことはできない。だからこれは尊重しないといけない。ところで、文学における夫と妻は、いちばん退屈な、いちばんパッとしない文学だ。では、現実の夫と妻は？　何しろ人生はそれで成り立っているのだから。それもやっぱりいちばん退屈でパッとしないものなのだろうか？　文学における妻と夫は、浮気されるか、無視されるか、それどころか殺されることもあるほどで、つまり毒殺されたり、絞殺されたり、ナイフで刺殺されたりするわけだが、現実では？　現実では彼らはどうなるのだろう？　現実では彼らは一緒に暮らす。そしてまだ誰も幸福な結婚を描いたことがない、なぜなら幸福な結婚生活の話を読むのは退屈だからで、その代わり幸福な結婚生活を送るのは面白く、ほかにも何かこう、冒険のようなものをしたくなる。なぜなら、幸福な結婚生活は冒険でもあるのだから。それは人生における冒険なのだ。そしてもし不幸な結婚生活なら、その冒険を終わらせて、幸福な結婚生活を始めることができる。もし幸福な結婚生活でも、その冒険を終わらせることはもちろんできるが、それは幸福を終わらせることを意味する。自分の幸福を幸福に終わらせるということは冒険小説だ。その場合ベストなのは、結婚生活に幻滅しないように、幸福な冒険になるように、妻がいつまでも若く年を取らないでいてくれるように、十三歳の少女と結婚することだ。あるいは、夫に若い老人でいてもらい、決してそれ以上老けさせないように、老人と結婚するか。若いまま死んでもらうために。もし男が二十歳で結婚すると、それから三十歳でも、四十歳でも、五十歳でも、七十歳になっても、どうせ結婚するはめになる。どうせ結婚するはめになる。どうせ一生結婚するはめになる。古典作家の作品にさえ、あのシェイクスピアの作品にさえ、幸福な結婚はひとつもない、デズデモーナは絞め殺された。あんなに夫のことを愛していたのに！　プーシキンの作品も不幸だらけ。ドストエフスキーはそもそも結婚までいかない。レールモントフも同じ。

フローベールでも——不幸。

モーパッサンでも――不幸。

トルストイでも――幸福はない。

でも、『大尉の娘』がある！

結婚生活をめぐる思索が、いつの間にか一種の文学論に変わっていくところが面白い。その後も恋愛や結婚をめぐる文学者たちの言葉が長々と引用され、ヴェーラが黒いドレスを着せられるシーンでは、唐突に『アンナ・カレーニナ』の一節が挿入される。

そして彼女はドレスを見た。それは稀に見るほど美しい黒のドレスだった。それは絶対的に黒かったが、というのもビロードとレザーとシルクで縫製されていたからで、シルクが透き通る黒で、レザーがマットな黒なのに対し、ビロードは完全なる――狂気の――黒だった。そして短かった、そのドレスは。

「着てみてよ」とニ＝ヴが頼んだ。

『毎日アンナと会い、彼女に惚れ込んでいたキティは、彼女を必ずライラック色のドレスを着た姿で思い描いていた。しかし今、黒いドレス姿のアンナを見て、自分は彼女の魅力を完全には理解していなかったのだと感じた。キティは、自分にとってまったく新しい、思いがけないアンナを目にした。今や彼女は、アンナがライラック色のドレスを着るはずがないのだと、彼女の魅力は、まさに彼女がつねに化粧や衣服からはみ出しており、それらは彼女の前では目に入らなくなることにあるのだと悟った』

「準備できたわよ」ヴェーラは言った。「行きましょう」

こうしたエロスと文学性の結合はナボコフの『ロリータ』(一九五五)を想起させるが、実際ナールビコワはナボコフの名を冠した文学賞を受賞している。長らく創作から遠ざかっているようだが、今なおお性的なタブーが強いロシアにおいて、ナールビコワのテクストは刺激的な価値を十二分に保っている。

そして、彼女と同じ時期に現れた作家として忘れてはならないのが、タチヤーナ・トルスタヤだ。彼女を有名にしたのは、最初の短編集『金色の玄関に』(一九八七)である。社会主義リアリズムが要請するいわゆる「肯定的主人公」から懸け離れた不幸な人間や醜い人間を多彩なメタファーを用いてグロテスクに描くスタイルは非常に斬新で、国内のみならず国際的にも高い評価を得た。寡作ではあるが、現代を代表する作家の一人であり、二〇〇一年にはソローキンやペレーヴィンとともに先に触れた東京大学のシンポジウムに出席した。

そんな彼女の唯一の長編『クィシ』(二〇〇〇)は、現代文学の古典と言ってもいいような傑作だ。一九八六年に起こったチェルノブイリ(チョルノービリ)原発事故から着想を得て、実に十四年もの歳月をかけて執筆されたという本作は、大きな破局の後の世界を描いた、いわゆる「ポスト・アポカリプスもの」というジャンルに分類できるだろう。
破滅的な「大爆発」が起きた後のロシアでは、その影響で突然変異した人間たちが、文明以前の段階にまで後退した原始的な社会で、ネズミなどを主食にしながら暮らしている。表題の「クィシ」とは作中で言及される伝説の怪物のことで、遭遇した者は死ぬか発狂してしまうとされる。

七つの丘の上にフョードル・クジミチスクって街があって、街の周囲には果てしない野原が、未知の大地が広がっている。北には鬱蒼たる森が広がり、倒木が転がっていて、絡み合う枝は人を通そうとせず、棘のある灌木はズボンに引っかかり、太い枝は頭から帽子をひったくろうとする。老人たちが言うには、その森にはクィシが棲んでいる。暗い枝に止まって、荒々しく嘆くように、「クィーシ！　クィーシー！」と鳴くそうだ。しかし、誰もその姿を見ることはできない。もし人間が森に入ってきたら、クィシは背後からそいつの首めがけてバッと飛びかかり、背骨にガブッと噛みついたかと思うと、大事な血管を爪で探り当てて引き裂き、するとそいつから理性がすっかり抜け出ちまう。そんな状態で戻ってきても、そいつはもはや別人で、目つきも変になってて、ところ構わずほっつき歩く始末だ。たとえば、月夜に夢遊病者が歩き回るときによくやるみたいに、両手を前に伸ばして、指をかすかに動かしたりする。眠ってるのに、勝手に歩き回るんだ。そいつは捕まえられ、小屋に連れ戻されるんだが、ときにはからかうために空っぽの皿を目の前に置いて、スプーンを無理やり握らせてみる。食えってわけだ。そいつは空っぽの皿から食べるような仕草をし、掬って口に運んでは、もぐもぐと口を動かし、それからパンで容器を拭く真似をするんだが、手にはパンなんてありゃしない。なあ、お前ら、わかるだろ、笑いすぎて息ができなくなっちまう。そうなったやつは自分じゃ何もできない。身なりを整えることさえできないんだ。毎度毎度、一からやって見せてやらないといけない。まあ、奥さんなり母親なりが気の毒に思えば、ごみなんかを詰め込んである物置部屋にそいつを連れていく。もし面倒を見る者がいなければ、そいつはもう長くはないと言っていいだろう。まるで泡が弾けるみたいに、ぱっと死んじまう。

そんなことを、このクィシはしやがるんだ。

主人公のベネジクトは街を支配する独裁者フョードル・クジミチの言葉を浄書する仕事をしているが、彼の義父が所有していた蔵書を読むうちに、その言葉というのが実はすべてロシア文学の古典からの剽窃であることを知る。やがて反乱が起き、独裁者は倒されるが、新たに権力の座についた義父もまた独裁をはじめ、石油をめぐる争いで再び爆発が起きる。放射能汚染は3・11後の日本を生きる私たちにとってもアクチュアルなテーマだが、革命と独裁の反復というモチーフは現実のロシア社会の宿命を暗示しているようでもある。

ソ連崩壊後のロシアでは、あるユダヤ系ロシア人女性の一生を描いた『ソーネチカ』(一九九二)で一躍脚光を浴びたウリツカヤをはじめ、実力ある女性作家が次々に現れている。近年は彼女たちが大きな文学賞を受賞することも普通になり、政治的には反リベラルのプリレーピンも女性文学アンソロジーを編んでいる。ゼロ年代の「新しいリアリズム」をめぐる批評でも女性批評家の活躍が目立った。

新世代の女性作家の中で個人的に注目しているのは、「ロシアのスティーヴン・キング」と称される一九七八年生まれのアンナ・スタロビネツだ。現実の過酷さゆえか、意外にもロシアにはホラーに分類される映画や小説の類いは多くないのだが、彼女はそんな馴染みのないジャンルの書き手として脚光を浴びた。

スタロビネツのデビュー作となった作品集『むずかしい年ごろ』（二〇〇五）の表題作は次のような内容だ。シングルマザーのマリーナには、マクシムとヴィーカという双子の子どもがいる。マクシムは十歳の頃から様子がおかしくなり、学校で意味不明な言動をしたり、自分の部屋のベッドの下に砂糖を溜め込んだり、何かと奇行が目立つようになる。母親であるマリーナはそれを思春期という「むずかしい年ごろ」のせいだと考えようとするが、息子が十六歳の頃に悲劇が起きる。森に散策に行った娘のヴィーカがボーイフレンドとともに行方不明となり、その数カ月後にマクシムも忽然と姿を消してしまったのだ。

息子の部屋を調べたマリーナは、ベッドの下の砂糖の袋の間に一冊のノートを発見する。それはマクシムが六歳の頃からつけていた秘密の日記で、そこには、一人の利発な少年が、彼の体内に侵入した蟻たちによって徐々に心身を乗っ取られていくおぞましい過程が記録されていた。寄生するマクシムの体がもう持たないことを悟った蟻たちは、子孫を残すためにヴィーカの体を利用することにしたのである。マリーナは森の中の巣穴で変わり果てた子どもたちの死体と、ヴィーカが産んだ赤ん坊を目にする。

日記の文体が変容していく過程はダニエル・キイスの『アルジャーノンに花束を』（一九六六）を想起させるが、キイスの作品では文体の変化が主人公の知能レベルの向上の結果として生じるのに対し、『むずかしい年ごろ』では、文体の変化は少年の意識への蟻たちの意識の侵入という形で現れる。ロシア語は主語の性別や数によって動詞の形が変化するが、日記の中ではマクシムの声が男性形で、女王蟻の声が女性形で、そして無数の働き蟻の声が複数形で書かれており、日記の中でしばしばそれらの声は渾然一体となる。

今日、われらは「計画」を実行した。最初に彼女のオスを殺さなくてはならなかった。その後、僕はあれをやったわれらはやった。彼女はぎゃあぎゃあ叫んで、逃げようとした。われらは縛った。われらはテープで口を塞いだ。それから、われらはあなたが命じた通りにした。嫌悪感を覚えながら。嫌々ながら。それは実に不愉快だった。何しろわれらが愛しているのはあなただけ、僕が愛しているのはあなただけなのだから、僕の女王様！

われらは彼女に「母親」用のメモを書かせた。

われらは彼女を巣穴に隠した。縛った状態で。

われらは彼女に食べ物を持っていくだろう。われらは彼女に水を持っていくだろう。われらは彼女と話すことさえあるだろう。時期が訪れるまでは。

練り込まれた構成、周到に張り巡らされた伏線など、アメリカのホラー作家が書いたと言われても納得してしまいそうな質の高い作品だが、個人の人格が「われら」という匿名の集団的な人格に乗っ取られていくという設定は、嫌でもザミャーチンの小説を想起させる。

その後、作者のスタロビネツは、三十億人の人類が単一の存在となったディストピア世界を描いた『生命体』（二〇一一）という長編でウクライナのポルタル賞を受賞した。プーチン政権が始まったゼロ年代のロシア文学ではディストピア小説がちょっとしたブームになったが、その書き手として、トルスタヤやスタロビネツ、さらに近未来のロシアを描いた『二〇一七年』（二〇〇六）がロシア・ブッカー賞に輝いたオリガ・スラヴニコワなど、女性作家の名前が目立つのは注目すべきことだ。

二〇二一年には、自らの家族の記憶をエッセイ風にたどったマリヤ・ステパノワの『記憶の記憶』（二〇一七）が英国のブッカー国際賞のショートリストにノミネートされるという快挙があった。女性たちが男性ばかりの文学史を塗り替える日もそう遠くはないだろう。

いや、それはすでに始まっているのだ。

おわりに

「（……）かりに我々の世界が凍りついて氷の塊になり、あるいは燃え盛る太陽に変わってしまうにしても、青脂《せいし》は永久にそこに残っているのです」

——ウラジーミル・ソローキン『青い脂』

私とロシア文学の怪物たちとの対話はここでいったん区切りとなる。二十世紀の思想家ミハイル・バフチンによれば、対話とは永久に未完のプロセスであり、したがって、この「おわりに」は単なる途中経過の報告にすぎないのだが、とりあえず現時点での考えを書き留めておこう。

この本を書いている間、ある一枚の絵画が頻繁に頭に浮かんだ。世界が未曾有のコロナ禍に覆われる前の二〇一九年初頭、私は現地調査でロシア中部の都市エカテリンブルグにあるエリツィン・センターを訪れた。同地出身の元大統領を記念して建てられたこの施設は、エリツィンの生涯に沿って九〇年代のロシアを振り返ることのできるユニークな博物館になっており、最後のゾーンにその絵が飾られていた。

当時を思い起こさせる展示品が趣向を凝らして配置されたほかのゾーンとは異なり、「自由の間」と名づけられたこのだだっ広いホールは空っぽで、ただ壁面に巨大な一枚の絵画が掛かっているだけだ。作者は、エカテリンブルグ出身の現代画家エリク・ブラートフ。キャンバスには青空をバックに白い雲が枠のように配置され、「СВОБОДА（スヴァボーダ、自由）」という白い文字が青空に突き刺さるような形で描き込まれている。ここで来場者は各々、自由とは何かについて思いをめぐらせることになる。

自由はよくも悪くも九〇年代のロシアを象徴する言葉だが、私は、自由への憧れはロシア文学全体に通底するモチーフでもあると思う。

この本で取り上げた作家たちの多くは、政治や思想上の立場の違いはあるにせよ、その時々の権力や社会の抑圧から自由であろうとしてきた。しかし同時に、何ものにも束縛されない自由に対する恐れにも似た不安もそこにはあった。『カラマーゾフの兄弟』の大審問官や『われら』の「恩人」は、結局のところ人間は自由の重荷に耐えることのできない弱い存在であり、だからこそ代わりに自由を引き受けてくれる強大な指導者が求められるのだと喝破した。

二十世紀末、ペレストロイカとそれに続くソ連崩壊は、ついに文学を国家の桎梏から解放した。作家たちはようやく望んでいた自由を手に入れたのだ。ところが、自由経済のもとで出版がビジネス化し、ミステリやSFといった大衆ジャンルが台頭したことで、いわゆる純文学は大きく低迷することになる。この本の第9章でも述べたように、そこで明らかになったのは、文学を抑えつけていた権力の存在が、実は文学の価値や意義を保証していたという逆説だった。批評家の福嶋亮大は日本の平成文学について、「グローバルに見ればその圏域をかつてなく広げたが、ローカルに見れば厳しい出版不況のなかで自らの方向感覚を失いつつあるように思える」(『らせん状想像力──平成デモクラシー文学論』)と書いているが、方向感覚の喪失はまさに当時のロシア文学にもぴったり当てはまる。

ところが、二〇〇〇年代に入ると、ロシア文学は再び独自の道を歩みはじめる。九〇年代に辛酸をなめた若い世代の作家たちの目に、先行世代が苦労して勝ち得た自由は、あたかも欧米からもたらされたイデオロギー的産物であるかのように映り、彼らは自分たちが生きる意味やアイデンティティを激しく希求した。こうした反動的とも取れる動きはプーチン政権下の社会の保守的な空気とも共鳴するものだが、単なる保守回帰ではなく、そこには、弱肉強食の資本主義的価値観への反発という側面もあることも見逃せない。彼らを駆り立てているのもまた、ある意味では「自由」を求める衝動なのである。

さらに、あらゆる言説の抑圧から自由であろうとするソローキンのような作家もいる。たとえ権威化された古典だろうと臆することなくパロディ化し、その時代時代の社会のタブーに容赦なく切り込む彼の作品に、ロシア社会はいまだに拒否反応を示している。つい最近も、新作長編が「LGBT宣伝」などの疑いで発禁処分となったばかりだ。それに対して作者は、雑誌『フォーブス』に寄せた反論文の中で、「文学は自由な獣であり、好きな場所を、検閲も作家同盟も抜きで勝手に歩き回る」と書いた。

軍事侵攻の終わりが見通せないなか、ロシア文学は大きな岐路に立たされている。有力な作家の多くがすでに出国した現状を見ると、また新たな亡命文学が生まれる可能性も排除できない。現在ベルリン在住のソローキンは、約十年前、『テルリア』（二〇一三）という実験的な小説で国家としてのロシアが崩壊した近未来世界を描いて話題となったが、たとえいかなる未来が私たちを待ち受けているにせよ、ロシア文学が世界文学に刻んだ不屈の精神が滅びることはないだろう。そして、この「自由な獣」はこれからも歩みつづけるのだ——誰の指図も受けず、ただひたすらに、ここではない、どこかへと向かって。

あとがき

書肆侃侃房の藤枝大さんから文学史の本の執筆について打診を受けたのは、今から六年前に遡る。翻訳家の個性を反映した新しい文学史をとのことで、挑戦しがいがありそうだと引き受けたはいいものの、当時まだポスドクだった私は、自分の博士論文を単著にまとめることで手一杯だった。その後、なんとか単著を出して運よく職にもありつくことができたものの、やはり文学史という課題が自分には荷が重く感じられ、なかなか筆を取ることができずにいた。そうこうしているうちに世界はコロナ禍に見舞われ、そしてロシアによるウクライナ侵攻が始まった。

軍事侵攻の開始以来、現代文学を専門とする私のもとにも様々な依頼が舞い込み、文学の現状や戦争に対する作家たちの反応について書いたり話したりした。戦争は人々を敵と味方に分割するが、もちろん双方が容易に割り切れない様々な精神的葛藤を抱えている。そうした葛藤を描くことが文学本来の役割だと思うが、戦時下ではどうしても人々の関心は政治的な面にばかり集中するらしい。仕事があるのはありがたい反面、言いようのない虚しさが募り、自分なりに自由にロシア文学を語ってみたいという欲求が強まっていった。

それからコンセプトを新たに練り直し、最初に決まったのが、「ロシア文学の怪物たち」というタイトルだった。着想のもとになったのは、リモーノフの『聖なる怪物たち』(二〇〇四)という本だ。このエッセイ集で著者は、プーシキンからジョン・レノンまで世界の様々な偉人たちを取り上げて好き勝手に論じており、私もそれに倣ってロシア文学を好き勝手に語ってやろう、と蛮勇を奮い起こしたわけである。

結果としてそれは、私が高校生で『罪と罰』に出会って以来、ロシア文学とともに歩んできた約四半世紀の道のりを辿り直す作業となった。これまで私的な事柄について書く機会はあまりなかったが、もちろん、論文のテーマや翻訳する作品の選択には、私の個人的な興味関心が強く反映されている。「はじめに」でも書いたように、自分がこれまでロシア文学について別個に書いてきたことを、私自身の記憶や経験と結びつけてひとつにまとめることも、この本でやりたかったことだ。はたしてその試みが成功したかどうかは心許ないが、ややもするとカタログ的になりがちな文学案内本とはひと味違うものになったのではないだろうか。

この本の刊行までに藤枝さんには様々な面でサポートしていただいた。改めてお礼申し上げる。最後に、勝手ながら、高校時代の恩師である柴山美恵子先生、そして大学時代の恩師である望月哲男先生に、心からの感謝を述べたい。この二つの幸運な出会いがなければ、今この文章を書いている私は決していなかっただろう。

二〇二四年五月

松下隆志

パーヴェル・ペッペルシテイン Павел Витальевич Пепперштейн (1966-)

『カーストの神話生成的愛』岩本和久訳(『アイボリット先生』の題で、抄訳)、『現代ロシア文学入門』所収

ヴィッサリオン・ベリンスキー Виссарион Григорьевич Белинский (1811-1848)

「ゴーゴリへの手紙」森宏一訳、『ベリンスキー著作選集1』所収、同時代社、1987

ヴィクトル・ペレーヴィン Виктор Олегович Пелевин (1962-)

『宇宙飛行士オモン・ラー』尾山慎二訳、群像社、2010

『チャパーエフと空虚』三浦岳訳、群像社、2007

『ジェネレーション〈P〉』東海晃久訳、河出書房新社、2014

アレクサンドル・ボグダーノフ Александр Александрович Богданов (1873-1928)

『赤い星』大宅壮一訳、新潮社、1926

ユーリー・マムレーエフ Юрий Витальевич Мамлеев (1931-2015)

『穴持たずども』松下隆志訳、白水社、2024

エドゥアルド・リモーノフ Эдуард Вениаминович Лимонов (1943-2020)

『ぼくはエージチカ』沼野充義訳(『ロザンナ』の題で、抄訳)、『ヌマヌマ』所収

ミハイル・レールモントフ Михаил Юрьевич Лермонтов (1814-1841)

『現代の英雄』高橋知之訳、光文社古典新訳文庫、2020

『地下室の手記』安岡治子訳、光文社古典新訳文庫、2007
『罪と罰』(1-3)、亀山郁夫訳、光文社古典新訳文庫、2008-2009
『白痴』(1-4)、亀山郁夫訳、光文社古典新訳文庫、2015-2018
『悪霊』(1-3、別巻)、亀山郁夫訳、光文社古典新訳文庫、2010-2012
『未成年』(1-3)、亀山郁夫訳、光文社古典新訳文庫、2021-2023
『カラマーゾフの兄弟』(1-5)、亀山郁夫訳、光文社古典新訳文庫、2006-2007
『作家の日記』(1-6)、小沼文彦訳、ちくま学芸文庫、1997-1998
ニコライ・ドブロリューボフ Николай Александрович Добролюбов (1836-1861)
『オブローモフ主義とは何か? 他一編』金子幸彦訳、岩波文庫、1975
タチヤーナ・トルスタヤ Татьяна Никитична Толстая (1951-)
『金色の玄関に』沼野充義・沼野恭子訳、白水社、1995
『クィシ』貝澤哉・高柳聡子訳(抄訳)、『早稲田文学』第10次5-7号所収、2012-2015
レフ・トルストイ Лев Николаевич Толстой(1828-1910)
『戦争と平和』(1-6)、望月哲男訳、光文社古典新訳文庫、2020-2021
『アンナ・カレーニナ』(1-4)、望月哲男訳、光文社古典新訳文庫、2008
『イワン・イリイチの死/クロイツェル・ソナタ』望月哲男訳、光文社古典新訳文庫、2006
『復活』(上・下)、藤沼貴訳、岩波文庫、2014
ウラジーミル・ナボコフ Владимир Владимирович Набоков(1899-1977)
『ロリータ』若島正訳、新潮文庫、2006
『ナボコフのロシア文学講義』(上・下)、小笠原豊樹訳、河出文庫、2013
ワレーリヤ・ナールビコワ Валерия Спартаковна Нарбикова (1958-)
『ざわめきのささやき』吉岡ゆき訳、群像社、1997
ダニイル・ハルムス Даниил Иванович Хармс (1905-1942)
『落ちて行く老婆たち』増本浩子・ヴァレリー・グレチュコ訳、『ハルムスの世界』所収、白水Uブックス、2023
アレクサンドル・プーシキン Александр Сергеевич Пушкин (1799-1837)
『ジプシー・青銅の騎手 他二篇』蔵原惟人訳、岩波文庫、1951
『オネーギン』池田健太郎訳、岩波文庫、2006
アンドレイ・プラトーノフ Андрей Платонович Платонов (1899-1951)
『チェヴェングール』工藤順・石井優貴訳、作品社、2022
ザハール・プリレーピン Захар Прилепин (1975-)
『おばあさん、スズメバチ、スイカ』沼野恭子訳、『ヌマヌマ』所収
ミハイル・ブルガーコフ Михаил Афанасьевич Булгаков (1891-1940)
『巨匠とマルガリータ』(上・下)、水野忠夫訳、岩波文庫、2015
アレクサンドル・ブローク Александр Александрович Блок (1880-1921)
『十二』小平武訳、『ブローク詩集』所収、弥生書房、1979

『むずかしい年ごろ』沼野恭子・北川和美訳、河出書房新社、2016
オリガ・スラヴニコワ Ольга Александровна Славникова (1957-)
『超特急「ロシアの弾丸」』沼野恭子訳、沼野充義・沼野恭子編訳『ヌマヌマ　はまったら抜けだせない現代ロシア小説傑作選』所収、河出書房新社、2021
アレクサンドル・ソルジェニーツィン Александр Исаевич Солженицын (1918-2008)
『イワン・デニーソヴィチの一日』木村浩訳、新潮文庫、1963
『収容所群島 1918-1956 文学的考察』(1-6)、木村浩訳、新潮文庫、1975-1978
ウラジーミル・ソローキン Владимир Георгиевич Сорокин (1955-)
『新装版 愛』亀山郁夫訳、国書刊行会、2023
『新装版 ロマン』望月哲男訳、国書刊行会、2023
『マリーナの三十番目の恋』松下隆志訳、河出書房新社、2020
『青い脂』望月哲男・松下隆志訳、河出文庫、2016
『テルリア』松下隆志訳、河出書房新社、2017
レフ・ダニールキン Лев Александрович Данилкин (1974-)
「クラッジ」笹山啓訳、ポスト・ソヴィエト文学研究会編著『現代ロシア文学入門』所収、東洋書店新社、2022
アントン・チェーホフ Антон Павлович Чехов (1860-1904)
『退屈な話』『六号室』浦雅春訳、『ヴェーロチカ／六号室　チェーホフ傑作選』所収、光文社古典新訳文庫、2023
『サハリン島』松下裕訳、『チェーホフ全集12　シベリアの旅・サハリン島』所収、ちくま文庫、1994
『ワーニャ伯父さん／三人姉妹』浦雅春訳、光文社古典新訳文庫、2009
『往診中の出来事』小笠原豊樹訳、『かわいい女・犬を連れた奥さん』所収、新潮文庫、1970
ニコライ・チェルヌイシェフスキー Николай Гаврилович Чернышевский (1828-1889)
『何をなすべきか』(上・下)、金子幸彦訳、岩波文庫、1978-1980
ピョートル・チャアダーエフ Петр Яковлевич Чаадаев(1794-1856)
「哲学書簡」、外川継男「ペー・ヤー・チャアダーエフ「哲学書簡」(翻訳及び解説)I-IV」『スラヴ研究』第6-9号、1962-1965
セルゲイ・ドヴラートフ Сергей Донатович Довлатов (1941-1990)
『かばん』ペトロフ＝守屋愛訳、成文社、2000
イワン・トゥルゲーネフ Иван Сергеевич Тургенев(1818-1883)
『ルーヂン』中村融訳、岩波文庫、1961
『父と子』工藤精一郎訳、新潮文庫、1998
フョードル・ドストエフスキー Федор Михайлович Достоевский (1821-1881)
『貧しき人々』安岡治子訳、光文社古典新訳文庫、2010

ブックガイド

＊邦訳書が複数ある場合は文庫を優先し、そのうち刊行年の新しいものを挙げた。
＊本文で言及した作品の邦訳書がない場合は、同じ作家のその他の邦訳書を挙げた。

ボリス・アクーニン Борис Акунин (1956-)
　『堕天使(アザゼル)殺人事件』沼野恭子訳、岩波書店、2015
リュドミラ・ウリツカヤ Людмила Евгеньевна Улицкая (1943-)
　『ソーネチカ』沼野恭子訳、新潮社、2002
ミハイル・エリザーロフ Михаил Юрьевич Елизаров (1973-)
　『図書館大戦争』北川和美訳、河出書房新社、2015
ヴィクトル・エロフェーエフ Виктор Владимирович Ерофеев (1947-)
　『モスクワの美しいひと』千種堅訳、河出書房新社、1992
ヴェネディクト・エロフェーエフ Венедикт Васильевич Ерофеев (1938-1990)
　『酔どれ列車、モスクワ発ペトゥシキ行』安岡治子訳、国書刊行会、1996
ボリス・グロイス Борис Ефимович Гройс (1947-)
　『全体芸術様式スターリン』亀山郁夫・古賀義顕訳、現代思潮新社、2000
アレクサンドル・ゲニス Александр Александрович Генис (1953-)
　『新装版　亡命ロシア料理』(ピョートル・ワイリと共著) 沼野充義・北川和美・守屋愛訳、未知谷、2014
ニコライ・ゴーゴリ Николай Васильевич Гоголь (1809-1852)
　『ディカーニカ近郷夜話』(前篇・後篇)、平井肇訳、岩波文庫、1937
　『ネフスキイ大通り』横田瑞穂訳、『狂人日記　他二篇』所収、岩波文庫、1983
　『鼻／外套／査察官』浦雅春訳、光文社古典新訳文庫、2006
　『死せる魂』(上・中・下)、平井肇・横田瑞穂訳、岩波文庫、1977
マクシム・ゴーリキー Максим Горький (1868-1936)
　『母』(上・下)、横田瑞穂訳、岩波文庫、1963
イワン・ゴンチャロフ Иван Александрович Гончаров (1812-1891)
　『オブローモフ』(上・中・下)、米川正夫訳、岩波文庫、1976
　『ゴンチャローフ日本渡航記』高野明・島田陽訳、講談社学術文庫、2008
エヴゲーニー・ザミャーチン Евгений Иванович Замятин (1884-1937)
　『われら』松下隆志訳、光文社古典新訳文庫、2019
アンドレイ・シニャフスキー Андрей Донатович Синявский (1925-1997)
　『ソヴィエト文明の基礎』沼野充義・平松潤奈・中野幸男・河尾基・奈倉有里訳、みすず書房、2013
アンナ・スタロビネツ Анна Альфредовна Старобинец (1978-)

●著者プロフィール
松下隆志（まつした・たかし）
一九八四年、大阪府生まれ。専門は現代ロシア文学・文化。北海道大学大学院文学研究科博士課程修了。現在、岩手大学准教授。著書に『ナショナルな欲望のゆくえ――ソ連後のロシア文学を読み解く』（日本ロシア文学会賞受賞）、訳書にソローキン『吹雪』『親衛隊士の日』、『青い脂』（共訳）、ザミャーチン『われら』、マムレーエフ『穴持たずども』など。

ロシア文学の怪物たち
二〇二四年七月六日　第一刷発行

著者　**松下隆志**
発行者　**池田雪**
発行所　**株式会社 書《しょ》肆《し》侃《かん》侃《かん》房《ぼう》**
〒八一〇-〇〇四一
福岡市中央区大名二-八-一八-五〇一
TEL 〇九二-七三五-二八〇二
FAX 〇九二-七三五-二七九二
http://www.kankanbou.com
info@kankanbou.com

編集　**藤枝大**
デザイン　**木庭貴信**（オクターヴ）
装画　**Januz Miralles**
DTP　**黒木留実**
印刷・製本　**モリモト印刷株式会社**

©Takashi Matsushita 2024 Printed in Japan
ISBN978-4-86385-629-5 C0098
落丁・乱丁本は送料小社負担にてお取り替え致します。
本書の一部または全部の複写（コピー）・複製・転訳載および磁気などの記録媒体への入力などは、著作権法上での例外を除き、禁じます。